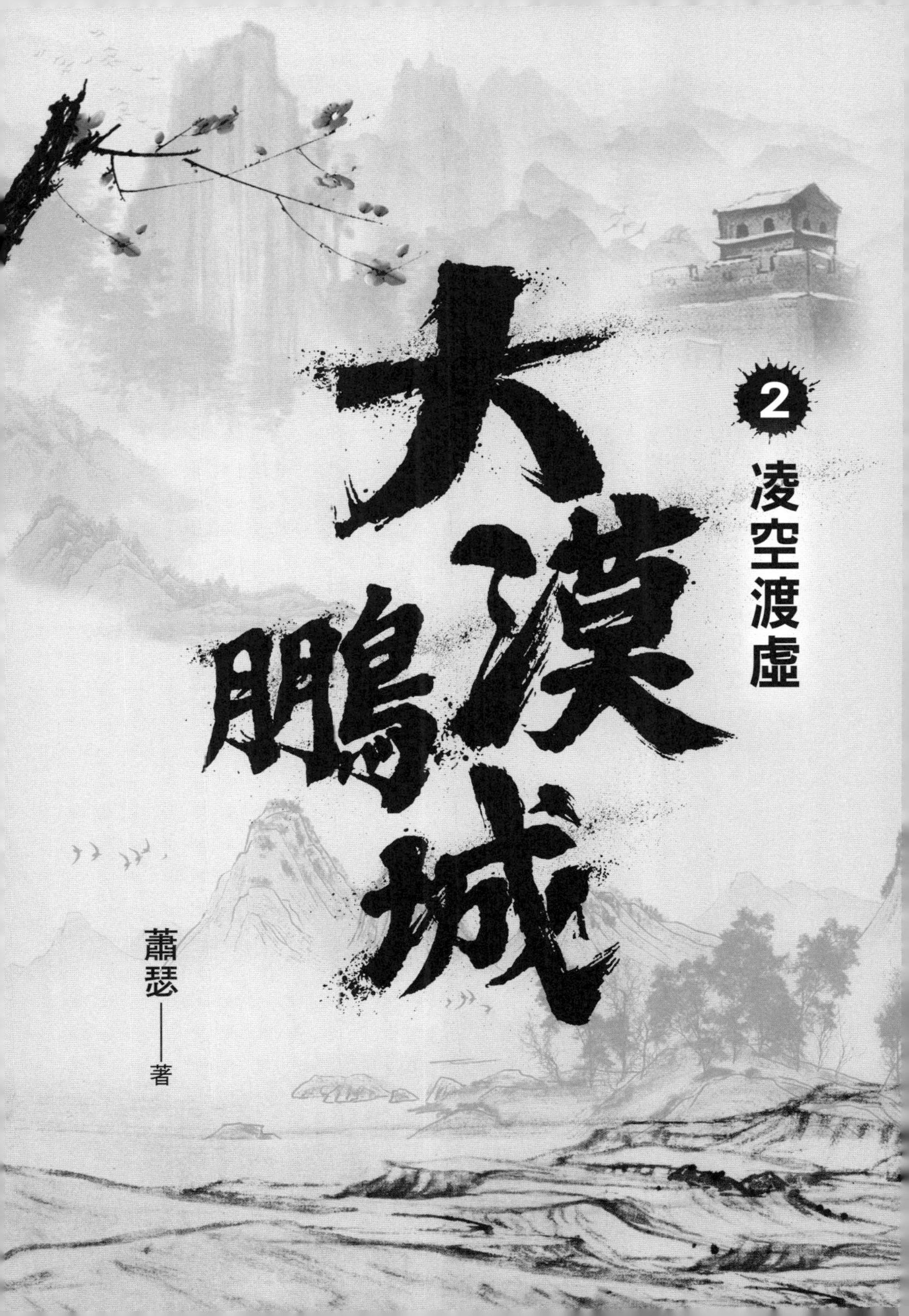

大漠鵬城
2
凌空渡虛
蕭瑟——著

目錄

第一章　四大神通

石砥中受到四大神通的夾擊，震得他胸中氣血洶湧不停。

他在四股拳風合聚之際，揮出一式當日自千毒郎君的「陰陽雙尺」上學來的一招，削開一道掌風。

他身形一旋，一記「般若真氣」拍出，劍式變為「將軍揮戈」，自四個方位各自擊出一招，身子直衝而上。

雷吟悶哼一聲，道：「各位兄弟，不要讓他跑了。」

雷響見到雷吟身上衫袍被劍芒掃得都是破綻，大驚問道：「老二，有沒有受傷？」

雷吟搖頭道：「沒有，他寶劍太犀利了！」

雷鳴瞧見石砥中在空中連跨兩步，有如凌空渡虛似飛繞了一匝，駭然地叫道：「這小子所使的輕功是崑崙雲龍八式！」

雷嘯臉露殺氣道：「他適才擊出的一劍竟是千毒郎君的招式，老大，留他不得！」

雷嚮應聲道：「對！這小子年紀不過二十歲，竟能有如此造詣，留他不得。」

他們說話之時，已身形連轉，四人手掌互貼，圍成一個大圈，飛快地移動著，只見八條腿在虛渺的濛濛月色下，幻化成千，帶起氣旋飛轉。

石砥中適才處身於四大神通的合擊中，那洶湧有如山峰傾倒的無匹剛勁拳風，直穿過他匆匆發出的「般若真氣」，撞得他心肺大震。

幸得他運劍如虹，以兩種互不相連的劍法交互結合，自萬鈞拳勁中分開一道空隙，沖天躍起。

他以「雲龍八式」中的「大雲落」身法，旋開三丈，回空一匝，意欲躍入密林裡，憑藉地形取勝。

因為他知道，憑他一人之力，決不能抵擋住四大神通合擊的力道。

誰知他剛繞空運行一匝，便覺得全身一顫，氣血翻滾竟然不能遏止，頓時丹田一鬆，四肢無力起來。

他輕哼一聲，自空中落了下來，「叭噠！」一聲，摔落地上。

雷嘯大叫一聲，道：「這小子受傷了。」

他們四人如飛躍入叢草中，掌掌相連，倏地身軀回轉，「啪！」的一響，互拍一掌，斜穿擊出一式。

草根掀起，狂風大作，轟然一聲，硬生生地將地上擊起一個大坑。

雷響狂笑一聲道：「這小子死定了……。」

他笑聲陡然一停，雙眼睜得老大，凝注在一株大樹上，彷彿整個心神都已被震懾住。

他抓了一下臉，將面上的人皮面具揭下，露出皺紋滿臉、鬍鬚飄拂的形象。

他嘴唇囁動著，喃喃道：「若萍……若……萍……。」

雷吟和雷鳴以及雷嘯，也都似中了魔咒，齊都趴在地上。

他們眼中露出了驚詫、企望、欣喜的神色，嘴裡也都喃喃地念著：「若……萍……。」

在樹枝杈椏、枯藤纏繞的叢草上，立著一個長髮披肩，身披斗篷的女郎。

月光灑下，落在她的長長的黑髮上，如同清冽的瀑布，蜿蜒瀉下。

那幽幽的目光，深邃如海，在朦朧的月光下，看來是如此清晰。

秀眉微皺，嘴角含著一股堅毅的神色，那如削的雙眉，修長的身軀，在微風裡飄拂的羅衣，似是凌空而降的仙女，飄逸而出塵……。

這情景深印在四大神通的眼裡，他們全身顫抖，緊緊地盯在這似幻似真的女郎身上。

雷響顫聲道：「若萍，你，還認得我嗎？我是大師兄雷響。」

雷吟扯去臉上的人皮面具，顫聲道：「師妹，你……你還怪我嗎？」

他掩臉痛哭道：「我不該為了沒打贏東方剛，而在師父面前播弄是非，以致使你吃盡了苦……。」

雷嘯號陶大哭，道：「師妹，你那年逃走時，若非我們兄弟在師父面前說壞話，師父也不會這麼快死，嗚……。」

雷鳴雙掌打著自己的嘴和臉頰，哭道：「師父就是這樣被我們氣死的，師妹，我該打……。」

雷響淚流滿面，顫聲道：「師妹，若萍……你被我們害得吃了許多苦，辛苦跋涉到大漠裡，後來，東方剛想要殺死我們，你還苦苦的替我們求情，我們……我們不是人。」

「師妹，你原諒我們冒瀆你……。」

他們似乎是瘋了，哭泣之聲驚得夜梟都振翅而飛，滿面的鬍子沾滿淚水的樣子，使他們看起來很滑稽。

但是長髮披肩、佇立在枯樹下的東方萍卻沒有笑容，她的臉頰不知何時掛了兩顆晶瑩的淚珠。

她喃喃道：「媽，媽……。」

雷響用袖子擦了一下眼淚，道：「若萍，你還沒老，也還是那樣仁慈，嗚……我們都老了啊，雖然我們會化身，雖然我們遊戲人間，但我們老了，再也拾不回以往的歡笑。」

雷響大叫道：「師妹，你聽得到我們說話嗎？」

東方萍靜靜呆站著，沒有移動一下，她的臉頰上掛著的兩顆淚珠早已流到衣衫上，她臉上的神色仍是那樣清湛。

在她眼中露出的是一股憐憫而同情的目光，她那淚水盈盈的眼眶上，長長的睫毛都沒眨動一下，她恐怕自己淚水會流得滿臉，而忍不住大聲哭泣起來。

因為，在她身後的樹枝旁，石砥中正盤坐著，那支綠漪劍卻深插入地，僅露出劍柄，柄上的流蘇仍自輕輕地拂著他木然不動的身子。

東方萍生恐自己一露出驚慌或恐懼的情緒，會使這四個精神瀕臨於迸亂中的老人驚醒過來，而至害及石砥中的運功。

她斗篷下的右手，握著三柄短劍，但她卻不敢出手殺害眼前的四大神通，她的確是太懦弱了！

雷響大叫一聲後，不見回答。

他愕然呆望著自己的三個兄弟，問道：「老弟，你們看若萍是不是已經變成仙女了？她是從天上來的，當然不會聽到我們的哭訴！」

雷嘯一摸蓬亂的頭髮，他那與其他兄弟相同的臉孔上，顯出一絲困惑之意。

他搖了搖頭道：「不！師妹她不肯原諒我們，所以假裝沒聽見我們的話，你若不信，試著摸摸她的衣衫，仙女是摸不到的。」

雷響想了想，喃喃道：「對的！她是仙女，她不肯原諒我們。」

他驀地打了自己一個耳光，道：「我怎沒想到若萍她最喜歡珍奇的寶物。」

雷響將手指上那枚紅光四射的戒指褪了下來，捧著向前走去。

他乞憐地道：「師妹，你收下這紅火寶戒。」

他顫聲道：「若萍，你原諒我們以前的錯，我們錯了。」

東方萍凝視著那紅豔如火、光暈流轉的戒指，忍不住讓兩顆淚珠落了下來。

雷響惶然道：「若萍，這戒指能吸毒，而且不畏陰寒掌風。」

他大聲道：「這是秉南方之火生的火石精晶，能使體魄練得更為剛健。」

東方萍只覺胸中情緒激盪不已，她忍不住哭泣起來。

霎時，母親的懷念，父親的慈容，以及眼前這四個老人的狂瘋似的哭鬧，都在她心中迴旋。

她的這一突如其來的舉動，使得四大神通齊都大驚，他們都愕愕地望著東方萍。

雷響那厚厚的嘴唇嚅動了兩下，大喝一聲道：「你不是若萍！」

他兩眼圓睜，躍起老高，五指倏伸而出，往東方萍身上抓去，喝道：「你是誰？」

他五指如風，迅疾無比，一把便已揪住東方萍的斗篷。

東方萍驚惶地道：「你要做什麼？」

雷響咧開大嘴，露出一嘴大黃牙，吼道：「我要打死你，你欺騙我！」

東方萍還沒想到要怎樣才好，雷響左掌已經拍到。

在這電光火石一剎那之間，一道翠綠的長虹乍然閃起，如電掣飛星，迅捷無比地切過空隙。

雷響淒厲地慘叫一聲，身形跌出三丈開外，一條左臂齊肩飛起，灑得滿空血影。

東方萍惻然地舉起素袖，掩住眼睛，不忍見到這血肉橫飛的慘狀。

她的袖角被石砥中扯開，石砥中握著她的手道：「不要怕，你閃開點。」

東方萍道：「你好了？」

石砥中道：「我本沒什麼，只是氣血稍為滯留不散而已。」

他拉開東方萍，緩緩地向前兩步。

雷響左臂被利劍削斷，直痛得他全身顫抖，本能倒翻而出，一跤跌倒於地。

雷吟距他最近，大叫一聲，一把將雷響扯起，急道：「大哥！你怎麼啦？」

雷響滿頭大汗，撕下一截衫角，道：「倒點金瘡藥來！」

雷吟自懷裡掏出一個瓶子，在雷響手中的衫布上灑上藥粉，替他敷在斷臂之處。

雷嘯和雷鳴兩人，臉色凝重合圍在一起，他們雙掌斜分，掌緣漸漸泛著血紅的顏色，淡淡的月光下，顯得恐怖無比。

石砥中長劍斜指蒼穹，臉上神色湛然，凝神靜氣，嶽峙淵渟地昂然屹立著。

他眼見那火紅如血的四掌，已緩緩滲出一股赤熱的氣息時，不由雙眉緊皺，也緩緩將綠漪劍移至胸前。

他全身繃緊，有如弓弦，手中劍刃已自吐出寸許劍芒，伸縮不定。

雷嘯喉中低吼一聲，雙掌倏然暴漲，斜身躍起，陡然翻出，一式疾穿而去，異嘯如雷，尖銳地響起。

雷鳴默不作聲，循著雷嘯相反的方向，身如車輪一轉，雙掌連迭，印向前去。

石砥中輕哼一聲，目中神光大放，綠虹暴起，繚身飛出——

雷響大喝一聲道：「小心劍罡！」

他話聲一了，猛然眼前一暗，月光已被雲朵遮住。

就在這剎那間，綠光大熾，一輪光痕飛起，絲絲芒鋒散發開來。

如同流星劃過空中的藍色芒尾一樣，驟閃即滅。

慘綠的光，照在鬚髮根根蓬起的雷嘯和雷鳴，使得他們看來更是形同鬼魅。

「噗！噗！」

連著兩聲輕響，劍光搖曳，那輪光痕立即黯淡隱去。

「啊——」一聲大叫，人聲立即斂沒。

黑暗中，只聽到喘息之聲。

風搖樹枝，月影又現，在月光下，雷嘯和雷鳴兩人仍自屹立如山，盯著那抱劍挺直的石砥中。

雷響問道：「怎麼啦？」

雷嘯默然地搖搖頭，他那滿頭長髮披散臉上，卻沒見他用手去撥開一點。

雷吟冷冷道：「老四，你沒死吧！」

雷鳴深吸口氣，道：「我們被他劍罡所震。」

他朗聲笑道：「但他也沒討得好去。」

雷響望見石砥中懷抱綠漪劍，神威凜然地挺立著。

他倏然想到昔年在大漠邊緣遇到天龍大帝攜著師妹時，也是以一劍敵住自己兄弟四人。

那種豪氣沖天、無所畏懼的樣子，就與眼前的年輕人一樣。

他似乎感到一陣淒涼之感，陡然狂笑起來，蒼茫的夜色裡，他那魁梧的身影顯得有點彎駝了。

他笑聲一斂，喝道：「走！」

雷嘯叫道：「大哥……？」

他仰天一跤跌倒，披散的頭髮下的臉上，雙眉之間一道劍痕，鮮血流滿臉頰。

雷吟大驚，背起雷嘯道：「大哥，他受傷了。」

雷響猶疑一下，在東方萍身上投了一瞥，然後喝道：「走！」

雷吟和雷鳴互望一下，愕然地跟隨雷響飛奔而去。

× × ×

夜色深濃中，人影杳然，晚風吹襲而來。

石砥中嘆了一口氣，道：「我不知道你為什麼要拉住我的衣衫，不許我追趕，甚至不許我說話。」

東方萍幽怨地道：「我不忍心見到他們加害你。」

她揚起手來，三柄短劍被握在手裡。

她說道：「只要你稍有危險，我就會破第二次例，動手殺人。」

石砥中道：「但是他們不一定能傷害我呀，而且，他們那樣對你母親……。」

東方萍搖搖頭道：「我不能夠違背媽以前所作的決定，她曾經阻止爹殺他們，唉！我那可憐的媽……。」

石砥中聽東方萍輕泣起來，不由嘆了一口氣，道：「令堂有如此慈悲的心腸，怪不得你是如此純潔善良。」

他將綠漪劍插入鞘中，交給東方萍道：「這劍是你喜歡的，交給你吧！不要再哭了。」

東方萍擦了擦眼淚，接過寶劍，摩挲著滑滑的劍鞘道：「這劍鞘好像綢緞一樣，柔軟滑膩。」

「哼！」一聲低沉的哼聲，自枯枝後響起，人影一道悄無聲息地躡行而來。

石砥中悚然一驚，道：「什麼人？」

那人沒有回答，身形如風，飄然來到石砥中面前，沒作一聲，揚掌便往石砥中臉上拍去。

石砥中看清楚是誰時，駭然道：「前輩，你……？」

掌勢飄忽，迅速如電，沒容石砥中躲開，便聽「啪！」的一聲，已挨受到那拍來的一掌。

這一掌打得他眼前金星直冒，隱隱一股力道撞在他身上，竟使他站不住腳，直跌出三步之外。

「哼！」那人冷哼一聲道：「這是教訓你目中無人。」

東方萍的眼睜得老大，驚叫道：

「爹！」

來人長鬚飄拂，高雅嚴肅，果然正是天龍大帝。

他兩眼炯炯發光，凝視著東方萍，默然不作聲。

東方萍惶然驚道：「爹，你怎麼也出來啦？」

東方剛冷哼一聲，道：「我有一個好女兒，會背著我逃到中原。」

東方萍嘟著嘴道：「爹，我錯了，您……？」

東方剛沉聲道：「你在谷中要什麼沒有？現在竟然看到一支劍便如此眼紅起來。」

東方萍辯道：「爹，這是大內為了要勾結西門伯伯，對爹不利，所獻的東西，所以……。」

東方剛輕蔑地道：「大內會有何作為？還不是想要蒙境裡金鵬城裡的寶物，哼！我一天在，便不容他放肆。」

他的話聲剛了，石砥中揚聲道：「前輩不能如此輕忽，幽靈大帝正在訓練一個幽靈大陣，每一個組成之人，都似乎受過催眠一樣，全無人性。」

天龍大帝東方剛叱道：「無知孺子，你知道什麼？」

他雙眉斜軒，沉聲道：「你膽量不小，竟敢闖到天龍谷裡，將萍兒帶走。」

東方萍呼道：「爹，是我自己出來的，不是他帶我的……。」

東方剛毫不理會她的話，繼續道：「若非你適才死命的保護萍兒，現在我將要令你血濺五步！」

石砥中一抹嘴角的血液，抗聲道：「在下並不怕死，更不怕任何人的威脅！」

東方剛冷冷道：「嘿！我倒忘了你中了我『白玉觀音掌』沒有死去，你的神通倒真廣大。」

他怒喝道：「咄！給我滾開！我一看到你便討厭！」

東方萍委屈地叫了聲，道：「爹，他是個很好的人，他是很好的人，你不要怪他，都是我不好。」

石砥中劍眉倒豎，道：「萍萍，你不用替我求情，我並不怕他！」

東方剛冷哼道：「你不要以為你功力又有進步，便在我面前裝成這副英雄的樣子。」

石砥中深吸口氣，道：「我從不畏懼什麼，也不會裝假。」

天龍大帝冷笑一聲道：「好，我倒要看看你憑什麼能耐！」

他一掌豎起，如刀削出，迅雷不及掩耳之勢，擊將出去。

石砥中悶哼一聲，左手斜送，一式「將軍射雁」，右手伸直，如劍劃出一招「臥看七巧」，掌風颯颯，勁力沉猛。

「啪！啪！」兩聲，天龍大帝微驚道：「嘿！不錯！」

他掌緣一牽一引，右肘搗出，直撞石砥中胸前「血阻」大穴。

他這一式去得神妙莫測，有如羚羊掛角，不留絲毫痕跡，沒聽見風聲，便已欺入對方中宮之內。

石砥中連出兩式方始擋住那迅捷的一擊，直震得他立足不穩，此刻沒容他有喘氣的功夫，那如錘的一肘，便已擊到。

他大驚失色，「嘿！」的一聲吐氣開聲，身子平飛而起，雙臂一抖，躍起八尺。

他雙足一縮一彈，連環踢出，直奔對方胸乳。

東方剛身形不動，五指如勾，疾伸而出，左掌一拂，「觀音坐蓮」一股掌風撞出。

石砥中仰天長嘯一聲，飄搖直上，「雲龍八式」穿林而出，回空繞行一匝。

東方剛五指落空，右掌掌心一張，如玉的手掌在黑夜中閃起瑩白的微光。勁道如潮，宏闊無比地逼將出去。

石砥中身形一窒，全身如受錘擊，他一抖兩肩，雙掌反拍而出，一式「將軍抖甲」，「般若真氣」翻掌拍出。

「砰！」

巨響一聲，石砥中踉蹌地自空中跨翻兩步，跌落下來。

他運氣繞體一周，不見有何不適之處，方始放下心來，心知自己能受得了東方剛的一記「白玉觀音掌」。

天龍大帝冷哂道：「像你這種功力，還要與我抗衡？」

「萍萍，把劍給我，倒要看看你新練成的『劍罡』。」

東方萍悽然道：「爹，你不疼我了？」

天龍大帝皺眉道：「你怎麼會變成這樣？你還是我的乖女兒嗎？」

東方萍看見石砥中臉頰腫起，血絲沁出，只覺心痛如絞。

她掩臉大哭道：「娘！你為什麼要死？害我沒人疼愛……。」

她哭著朝草叢後飛奔而去。

石砥中急喊道：「萍萍……。」

東方剛看到自己疼愛的女兒提起逝去的愛妻，心中頓時如同刀割，眼睛立時溼潤起來。

他一聽石砥中喊叫之聲，怒火自心底升起，怒喝道：「都是你這小子！」

他雙掌一立，全身陡然一陣密響，霎時漲大不少。

「哼——」

如悶雷刺耳，東方剛兩隻大袖一揮，口中發出一聲輕吟。

霎時枯樹齊都自腰折斷，殘枝樹葉，飛騰而起，瀰漫在半空中。

石砥中悶哼一下，便仰天跌倒，吐得滿身鮮血。

東方剛冷哂道：「看看我的天龍大法如何？」

他一拽袍角，跨步行空，剎那間便沒入黑暗。

×　×　×

曉霧朦朧，月影更移，蒼穹有了淡淡的曙光。

荒墳亂草間，一個人影緩緩地自一塊大石後站起。

他摸了摸頭，四下望了一會兒，自言自語道：「咦！我怎會躺臥這裡，還沒有走呢？」

他抬頭望了望朦朧的天空，方始想到剛才戲劇性的一幕。

他暗自忖道：「點蒼棲霞子與四大神通勾結，竟然冒充崎石和滅神兩島的劍手，將獻予幽靈大帝的一劍一戒搶去。」

他目光一斜，突地看見草叢中一點紅光閃爍著，那光亮，他一看便知道是大內奪命雙環申屠雷交予他們六派弟子護送的紅火寶戒。

他心中一喜，卻不敢驟然躍將過去。

藉著微弱的光亮，他看到地上的殘餘屍體，也看到了沙礫四濺，和草木齊摧的情形。

他駭然暗忖道：「不知道又有哪個武林高手到了此地，連這些碗粗的大樹都被摧折，但不知那紅火寶戒為何會沒有被帶走？」

他忖思了一下，便緩緩向著那發光之處走去。

四野靜寂無聲，他雙掌貼胸，神情肅穆的向著那斷去半截樹幹的叢草邊走了過去。

走到近處，他看到一個人躺著，在身側有一條斷臂，和那枚碩大的紅火寶戒。

他低下頭去，已聞到一股血腥氣衝上鼻來，還沒拾起那枚閃光的戒指，他右腕一緊，已被人擒住。

他悚然一驚，用力一掙，卻沒掙開來。

那人冷哼了一聲，坐了起來，厲聲道：「墨羽！你待怎樣？」

墨羽右腕被執，左掌急翻，往那人胸前拍去，誰知卻被對方喝住。

他一怔之下，道：「你是誰？」

那人右手一抖，將墨羽扔開五尺之外，冷冷地道：「我乃石砥中是也！」

石砥中將紅火寶戒拾起，緩緩地站了起來。

他撫摸著那枚閃出紅豔似火的戒指，嘆了一口氣，隨即又恨恨地自言自語道：「總有一天，我也要你倒在我的掌下！」

墨羽愕然地望著石砥中，不知眼前這年輕俊俏的石砥中是否精神錯亂。

他想不起江湖後起的高手中，有什麼人叫石砥中的，於是他問道：「喂！你是說誰？」

石砥中冷哼一聲，道：「天龍大帝東方剛！」

墨羽只覺心頭一震，直驚得兩眼圓睜，張大了嘴道：「你說什麼？是天龍大帝？」

天龍大帝為武林中神化的人物，久已自江湖絕跡，這下墨羽一聽石砥中說起天龍大帝竟然出現此地，怎能不大驚失色？

石砥中將戒指套上左手中指，點了點頭道：「是的，有何不對？」

墨羽仰天狂笑，好半晌方始止住笑聲，他指著石砥中道：「就憑你？憑你要天龍大帝倒在你的掌下？哈哈！你這不是做夢？」

石砥中怒喝道：「墨羽！你好大的膽子，敢在我面前如此放肆？」

回空一劍墨羽一怔，道：「你這人不是瘋了吧？」

他摸了摸腦袋，又自言自語地道：「我也不清楚我的精神是否還是正常的。」

石砥中道：「崑崙百年來未曾收過俗家弟子，你怎能自稱為崑崙弟子？」

回空一劍墨羽吃了一驚，道：「你到底是誰？」

石砥中微哂道：「我是崑崙弟子！」

他又厲聲道：「你承認不承認你是崑崙弟子？」

墨羽猶疑一下道：「家師水月大師！」

石砥中「哦！」了聲道：「原來是四師兄之徒，墨羽，你曾見過本門掌門人本無大師兄？」

墨羽悚然道：「未曾……。」

他忽地想到眼前這年輕人，怎會是上代掌門人藏空師祖所收之徒？不由臉色一變，道：「你說你是我師叔？」

石砥中冷哼一聲道：「墨羽，本門戒律，水月師兄曾經和你說過吧？」

墨羽咬著嘴唇，點了點頭。

石砥中道：「第一，不得欺師滅祖；第二……。」

墨羽大喝一聲，道：「憑什麼你要我叫你師叔？」

他雙掌一抖，身形急旋而起，一式「遊龍出谷」，掌走弧形，劈向石砥中胸前，去勢疾速，沉猛剛勁。

石砥中冷哼一聲，身形一弓，右手平伸，雙指劃出，左掌一分，自對方擊來的雙掌中穿出，印向「鎖心穴」。

墨羽驚呼道：「遊龍斷雲！」

他上身一沉，雙掌轉一偏鋒，掌力一發，氣勁旋激，拍將出去。

石砥中招式一出，便覺一陣昏眩，頭重欲睡。

他心中一驚，趕忙深吸口氣，甩了下頭，方始清醒一點。

就在此時，墨羽擊出的掌風已經拍到，他右掌一拍，也劈出一股掌風撞出。

「啪！」

墨羽身形一晃，跌出三步之外，石砥中卻一直退出四步之外，方使能立定身子。

他悚然大驚，不知道自己的功力怎會驟然減退，現在只能發揮剛才力敵四大神通的三成左右。

他一怔之下，立即想到剛才天龍大帝那震撼自己的一擊，可能就是那一擊之下，方使自己功力驟然減退。

他飛快地運氣一周，卻沒發現有何不適之處。

墨羽狂笑一聲，揶揄地道：「師叔啊，你怎麼只有這麼一點本領？」

石砥中忖思道：「天龍大帝那一式，到底是何絕技？竟能使人功力減退？」

他不知道天龍大帝近些年來，為了防備幽靈大帝西門熊，所專修的「天龍大法」，能夠使人全身經脈收縮而死。

幸得他任督二脈已通，又習有「將軍紀事」中的瑜伽修身術，使他具有頑強的抗拒之力，故而僅廢去七成功力，而沒當場死去。

墨羽沒見石砥中回答，怒道：「現在該我來懲治你這冒牌崑崙弟子了！」

他清吟一聲，「雷行雲飛」身形回空一折，拋掌斜劈，擊出片片掌影。

石砥中怒恨交加，痛苦地悶哼一聲，一式「將軍揮戈」疾翻而出。

「啪！」的一聲，他左掌拍中墨羽左臂，右手雙指扣住墨羽「肩井穴」。

他冷哼一聲，左掌一連兩下，打了墨羽兩個耳光。

墨羽沒料到石砥中功力雖然不足，招式卻神奇譎絕，沒容自己變招，便已被他擒住了。

他臉上立時腫了起來，待要掙扎，卻全身乏力。

石砥中喘了口氣，罵道：「本門第四條戒律、第七條戒律，乃是不得侮辱尊長，不得為官家鷹犬，你竟連犯兩條！」

墨羽半信半疑道：「你真是本門尊長？」

石砥中突地閉上眼睛，好半晌，他慘然一笑道：「我任督兩脈已被天龍大帝震傷，而至又閉塞不通。」

墨羽駭然道：「你的任督兩脈已經通了？你真的是與天龍大帝對抗而至受傷？」

石砥中哼了一聲，道：「若非我受了傷，現在只能發揮出原先的三成功力，你還能有如此舒服？」

墨羽張大眼睛盯著石砥中，他再也沒能想通，本門會有如此年輕的師叔，而這年輕的師叔，竟敢面對天龍大帝。

他舐了一下唇上鮮血，道：「你遇見天龍大帝，是不是一招便敗了？」

石砥中兩眼一瞪，道：「到了第七招後，我方始被他發出的一股怪異力道擊得昏死於地！」

他兩指一點，將墨羽穴道封住，抬頭望了望天空。

淡淡升起的曙光，在東邊的天際，有了一層泛銀的霞光。

他倏然感到豪氣全消，一縷惆悵的幽思泛上心頭，東方萍那哭著飛奔而去的情景，恍如眼前。

他坐了下來，腦海裡雜思如潮湧。

一時之間，只覺自己苦悶得要撕破胸膛方始暢快一樣。

墨羽穴道被點，又被扔在草叢裡，直氣得他七竅冒煙。

他大聲喝道：「喂！你要把我怎樣？」

石砥中一皺雙眉，右足一抬，踢中墨羽「啞穴」。

他低頭忖思著東方萍柔情巧笑，以及這些日子來自己所遭遇之事。

良久，他嘆了一口氣，輕吟道：

「永夜抛人何處去？絕來音。香閣掩，眉斂，月將沉，爭忍不相尋？怨孤衾，換我心，為你心，始知相憶深。」

他昂首仰望蒼天，淡淡的曙光照在他蒼白的臉上，使他看來有一種憔悴疲憊的感覺。

他搖了一下頭，緩緩轉動左手指上的紅火寶戒，無聊地望著那似是火花爍亮的戒指。

摘下戒指，放進懷裡，忖道：「我戴著這個幹什麼？等我遇到萍萍的時候再送給她吧！」

他手指一伸進懷中，忽然觸到用布包著的金戈玉戟上。

這給他帶來一線希望，他忖道：「我要到西藏去，到布達拉宮去，學會破解這些文字之法，然後取得那鵬城裡不世之秘，那時我將能重振天山的威望，我將要打敗七絕神君，令東方剛在我手下挫敗，然後解破西門錡的幽靈大陣……。」

思緒急轉，他那頹喪的心情，立時又振作起來。

他伸開五指，抓了一下頭髮，深深地嘆了口氣，忖道：「現在我要依照原來計劃，到滅神島去。」

他突然覺得自己胸前「血阻穴」有一股熾熱的勁道，鑽進身體裡面，循著經脈運行，所到之處竟然舒適異常。

「咦！」他伸手往懷裡，將那枚「紅火寶戒」掏出，眼前一亮，那枚戒指上的寶石有如一蓬熾熱的火花，熊熊的燒起。

他陡然想起雷響所說的話來，不由心中大喜，敲了自己的腦袋一下，道：「我怎地沒想到這道理來！」

他站了起來，自地上拾起幾枝枯木，然後在身前四周都插了下去，霎時，樹枝零落縱橫，已被他布起一個陣法來。

他深吸兩口清新的空氣，然後閉上眼睛，盤坐於地，運起瑜伽獨特的療傷之法來。

那枚紅火寶戒被他放在丹田之處，隨著他內力的凝聚，熾熱的勁道隨著內力衝向任督兩脈。

天色漸明，東方的天空滿布彩雲。

微曦透過樹林，射在石砥中身上。

第二章　羅剎飛虹

清晨的寒風，浸膚冰冷。

樹枝蘆草上，都罩著一層薄薄的白霜。

那穴道被點，不能動彈的墨羽，望著草尖上的白霜，不由暗自叫苦連天。

落在他身上的寒霜，都被他體熱融化，溼淋淋的衣服貼在身上，一陣寒風吹過，冷得他直哆嗦。

他恨意深濃的目光，緊盯在盤膝而坐的石砥中身上，恨不得一劍殺死對方。

但他的眼中，漸漸露出害怕的神色。

敢情石砥中自己運集「將軍紀事」中獨特的內傷治療之法，一方面療治被天龍大帝撞傷之處，另一方面全力驅使內力，撞擊任督兩脈被堵塞之處。

他全身都泛起一層濛濛的白霧，這使得他在清晨的微光下，看來格外神秘，那瑩白的臉孔，肅穆無比，更加神聖莊嚴。

墨羽這才相信眼前這個比自己還年輕的英俊少年，的確身懷絕藝。

他也更相信擁有如此高深絕藝的人，絕對不會冒充自己的師叔。

他想道：「當年我叔父被七絕神君以琴音震斷心脈而死時，水月師父曾專程往自己家中報信，並且收我為記名弟子，本來想要正式拜見掌門大師伯……。」

他想要狂笑出來，卻只能臉上抽起幾條肌肉，沒能笑出聲來。

他苦笑了一下，繼續忖道：「誰知道直到現在還未能見過掌門師伯，僅看到過曇月師伯，糟糕，這下又碰到了這小師叔，觸犯本門戒律……。」

正當他胡思亂想之際，一輛黑色的馬車疾馳而來，穿過左側的樹林，往官道上馳去。

就在掠過樹林時，一個低沉的喝聲響起，道：「老梅，停停。」

「噢——」

一聲長長的喝叫，轔轔的車聲立時停止。

馬嘶陣陣裡，一條人影橫空掠起，躍過樹林，落在叢草中那塊大石上。

墨羽被石砥中點了穴道，動彈不得，他正在著急，忽見一條人影橫空掠起，落在他面前一塊大石上。

墨羽看得清楚，那輛馬車離這兒至少有五丈多遠，而自車裡躍出的這人，在空中竟然沒有停頓一下。

他倒吸一口涼氣，定過神來，方始看清那竟是個身材高大、穿著黑色長袍的一個中年婦人。

一看到那兩道凌厲的目光，墨羽不由得心頭一顫，打了一個寒顫，只覺一股寒氣自脊髓冒了出來。

那婦人眼光停在黃土堆旁的幾個屍骸上，微微露出驚訝之意。

她飄身落在黃土地上，細細的察看那些被四大神通嫁禍海南和崎石兩島的劍手，所殺死的各派弟子。

她劍眉皺了一下，自言自語道：「怎麼四大神通會到了這裡？」

她看到齊腰而斷的樹枝以及那黃土坑的時候，驚詫地道：「有誰能具有這種強勁的勁道？莫非真的東方剛已經到了？」

墨羽躺在草叢裡，兩眼盯著那高大婦人，暗自提心吊膽，生恐她會對石砥中一掌打下，而致死去。

因為他知道任何武林高手都不容許其他高手在自己眼前運功療傷的，所以任何一個武林中人在運功療傷之際，都會選擇隱蔽之所。

他不知道石砥中為何敢在草叢中公然運功療傷，不由為之捏了一把冷汗。但是那婦人儘管兩眼四下觀望，卻好似沒有看到盤坐於地、運功療傷的石砥中，以及躺在地上的墨羽。

她身形平飛而起，似飛絮飄空，繞著樹林墳場躍行一周，然後再查看一下，便飄身躍走。

蹄聲得得，在潮溼的清晨裡響起，很快地便消失在空中。

墨羽吸了一口涼氣，忖道：「這中年婦人輕功好高明，躡行在樹枝上，竟然連一點白霜都沒墜落。」

他不禁為那婦人為何沒看到自己和石砥中而感到奇怪起來。

一眼望去，石砥中臉上泛著一層瑩光，剛才那股蒼白頹喪的神色，已經一掃而空了。

他詫異地看著四周插著的錯綜不一的枯枝，摸不清楚那是為著什麼。

懷著滿腹的疑慮，他閉上眼睛，想到養一下神，看看是否能撞開被閉的穴道。

時間在寒風吹過白霜覆著的草叢上，很快地滑過。

他頹然地張開眼睛，因為他沒能撞開被閉的「啞穴」。

石砥中的臉上泛著一層紅潤，此刻，他已經渾然忘卻身外之物，處身在一種忘我的境界裡。

就在這時，一條白潔如雪的人影，輕巧地自密林深處飛奔過來。

墨羽聽到草叢簌簌的聲音，眼光一轉，往那兒望去。

他全身一震，忖道：「怎麼天下竟有如此美麗的女人！」

在清晨淡淡的薄霧中，飄逸的長髮，輕盈的身軀，似是仙子凌波而來。

× × ×

東方萍手提綠猗劍，自霧中穿出，浴著淡淡的晨光，神情焦急地尋覓著石砥中的所在。

但是空林寂寂，卻找不到石砥中的蹤影。

她眼中一陣溼潤，幾乎要掉下淚來。

像是迷途的小鹿，她惶急地喊道：「砥中，石砥中！」

嬌柔如鈴的呼聲，深深打動墨羽的心房，他嫉妒地望了望石砥中。

但是石砥中卻依然靜坐不醒，似是泥塑木雕的菩薩一樣，根本沒聽到東方萍焦急的呼喚。

墨羽暗暗著急，他幾乎要喊出聲來，卻因為啞穴被點，不但不能出聲，連動彈一下都不能夠。

東方萍連喊兩聲，仍然沒聽到石砥中回答，她急得都哭出來了。晶瑩的淚珠，一顆顆墜落下來，滾落在她的斗篷上，然後滴落在地上。

墨羽難過無比，他從未見過一個如此美麗的女孩子在他面前哭泣過，那是梨花帶雨，惹人憐愛。

他張開嘴，對著石砥中大喊，卻啞然無聲，這使他頹然地低下頭來。

他萬分詫異地忖道：「為何剛才那黑衣婦人和這美麗的少女都看不到我們？她們的目光雖然朝這邊望了又望，卻好似我們這兒沒有任何東西……。」

他的思緒急轉，倏地想到一事，不由忖道：「莫非我和他都隱身起來了？他會隱身法？」

隨即，他很快地又被自己這無稽的想法而覺得好笑起來。

他望見一個臉容清瘦，長髯垂胸的中年儒生，悄然地飄身而來。

東方萍蹲了下去，掩著臉痛哭起來。

那中年儒生臉上掠過一絲憐惜的神色，他默然走到東方萍身邊。望著痛苦的東方萍，他輕咳一聲，說道：「怎麼啦？沒找到他？」

東方萍聞聲抬頭，看了看那中年儒生，搖搖頭道：「沒有，沒有看到他。」

那中年儒生微微一笑，道：「沒有就該哭嗎？這麼大的大姑娘了，找情郎沒找著，就要哭起來？讓人家看到，多難為情啊！」

東方萍嘟起嘴，道：「我不來了，莊叔叔好壞！」

金羽君莊鏞哈哈一笑，掏出一條白絹，道：「還不快把你眼淚擦乾，不然讓石砥中看到，多不好意思，賢侄女，是嗎？」

東方萍點了點頭，接過手絹將眼淚擦乾。

金羽君莊鏞道：「你說他是決定往滅神島而去？我陪你去一趟，那兒，我在十年前曾經去過一次……。」

他嘆了一口氣，目光凝聚在遠處蒼空的盡頭，臉上有一種淒涼的表情。

東方萍拉了拉他的衣袂，道：「莊叔叔，你很想念那滅神島主？」

她當日眼見金羽君忍受著滅神島主的侮辱，卻沒有抱怨什麼，後來還受了那自稱滅神島主的少女暗算的一掌方始受傷。

她知道金羽君與滅神島主之間，一定有點關連之處。

莊鏞哦了一聲，輕輕地又嘆口氣，自言自語道：「往事如雲似煙，追憶何用？」

他捋了下長鬚，道：「太上忘情，匹夫不及於情，像我們這些人整日都糾纏於『情』中，簡直不能自拔。」

東方萍哼了一聲道：「莊叔叔，你又來了，什麼情不情的，真討厭！」

莊鏞苦笑一下，道：「討厭？你剛才不是為了找石砥中不著而哭泣？嘿！如今尊天龍大帝都為情之一字而不出江湖十多年，又何況我呢？」

墨羽聽得分明，不由心頭大震，忖道：「她竟是天龍大帝之女，那麼石砥中所言不假了，他竟然能擋住天龍大帝七招之多。」

他吁了一口氣，忖道：「但是他又為什麼會與天龍大帝之女認識，而且看起來感情很深。」

這真使他有點莫名其妙了。

就在他對石砥中感到神秘莫測之際，車聲轔轔，蹄聲急響而來。

金羽君肅然而立，凝望著那黑色的馬車飛馳而到。

他一見那馬車，神情一震，但是隨即他便看清楚那不是滅神島主的那輛綠色窗簾、金色窗櫺的馬車。

「萍萍——」

一聲喜悅的呼叫裡，車門一啟，黑衣長衫，一個高大的中年婦人躍出，朝東方萍撲來。

金羽君冷哼一聲，腳下如行雲流水，滑步移位，立在東方萍身旁。

他大袖一拍，狂飆翻飛，擊了過去，道：「你要幹什麼？」

那中年婦人劍眉豎起，道：「你要幹什麼？」

他們對話之際，已互對一掌。

「啪！」的一聲巨響，氣勁向兩旁逼開，捲起草莖泥沙，直漫開數丈。

那中年婦人低低嘿了一聲，雙掌連出八掌，掌掌相疊，如同鐵壁壓到，毫無一絲空隙。

金羽君目射精光，腳下未動絲毫，上身略移，大袖倏翻，已硬生生的接下對方擊來的八掌。

他深吸口氣，喝道：「你也接我幾式看看！」

他袖影飛旋裡，十指乍隱乍現，乍現乍隱，神妙無比的連攻六式。

那中年婦人哼了一聲，挫掌回身，詭絕凌厲地連出數招，似驚龍出壑，沉猛地迎了上來。

「啪！啪！啪！」

雙掌相擊，發出密雷似的爆聲，如珠串落地般響起。

兩條人影倏然分開，金羽君重重地哼了聲道：「西門嫘！你倒沒把功夫丟下，嘿！可喜可賀。」

羅剎飛虹西門嫘斜軒雙眉，罵道：「姓莊的，你倒沒被那狐狸精迷死？」

莊鏞知道西門嫘是說自己與滅神島主之事，他淡然一笑道：「半斤不要說八兩，你姓西門的也不見得多高明！」

西門嫘冷哼一聲，不屑地道：「當年不知是誰，在我弟弟的『冥空降』絕技下，連吐鮮血，險些斃命的？你還有臉說我？」

金羽君莊鏞臉色一變，道：「你那弟弟縱然自稱幽靈大帝，卻是個不知好歹的傢伙，專會暗算別人，哼！他不是也在東方剛面前敗北而去？」

西門嫘手腕一振，雙手已迅捷如電地握著兩柄如月牙的彎刀兵器。

她一抖之下，弧光幻起，似水流洩。

金羽君臉色一驚，道：「你要與我動兵刃？」

西門嫘冷冷道：「要你嚐嚐我弧形劍是否依然犀利！」

金羽君莊鏞冷笑道：「你也可試試我『金羽漫天』之技！」

他們針鋒相對，直聽得墨羽心中發寒，他沒有想到江湖絕頂高手會同時在自己眼前出現。

那一向自己從師父那兒聽來的這幾個神化人物，竟然仍舊在世間。

而剛才的那幾記絕技的顯露，更使得他嘆為觀止。

他懊惱地忖道：「以往我還以為自己劍法不錯，但直到現在才曉得實在差得太遠了。」

且說東方萍愕然地看著金羽君與西門嫘吵起架來，她喊道：「嬤嬤，你幹嘛又要動刀動槍的？以前你不是說過以後不再這樣了嗎？」

西門嫖一直與金羽君鬥氣，一時倒沒想到問及東方萍，這下她一聽，方始想到自己出谷就是為了追回東方萍的。

她問道：「萍萍，你怎麼跑出谷來？你好大的膽子！走，現在跟我回去。」

東方萍搖頭道：「我現在不回去。」

西門嫖詫異地大聲道：「什麼？你現在不回去？你不知道你爹和玉兒也都親自出谷，到江湖上來找你？」

東方萍悄聲道：「我知道。」

她堅定的道：「但我現在不能回去！」

西門嫖睜大眼睛，道：「什麼？不能回去？天下有誰敢留住天龍大帝之女？」

她心念一轉，恍然道：「噢！我知道了。」

東方萍詫異地望著她，問道：「嬤嬤，你又知道什麼來哉？」

西門嫖揚聲道：「是不是為了那石砥中？」

東方萍喝了一聲，道：「你又怎麼曉得他？」

西門嫖哼了一聲，道：「這小子膽大包天，不但敢跑到天龍谷裡引誘你出來，而且還敢將西門錡我那侄兒打傷，天下除了他之外，有誰敢同時與天龍大帝和幽靈大帝為敵？」

墨羽躺在草地上，聽得心頭直打顫，他移開視線望了望石砥中，心中湧起一絲敬佩之意。

他忖道：「本門雖為九大門派之一，但被七絕神君逼得幾乎不能存身江湖，誰知這下會出了這麼一個年輕高手，竟敢同時惹上武林至尊的二帝，這下可不怕七絕神君了！」

西門嫘怒氣衝衝道：「我倒要看看那小子到底是什麼出身？有什麼硬的後臺？」

金羽君笑了一下，道：「石砥中技藝很雜，連我都摸不清他到底是何來歷，他彷彿各門各派的技藝都懂。」

西門嫘道：「難道他不是柴倫的徒兒？」

金羽君笑道：「你說得好，天下有誰敢同時惹上二帝？柴倫縱然七藝在身，也不敢與二帝為敵啊？」

他頓了頓道：「據我那日所見，他不但會中原各派之藝，而且連柴倫兄和千毒郎君丁兄的絕藝都會，只怕你羅剎飛虹不是他的敵手！」

西門嫘怔了一下，怒道：「姓莊的，你不要以為你唐門暗器高明，老娘不怕你！」

金羽君淡然笑道：「你大有機會試試本門暗器功夫，但現在請收起兵器。」

西門嫘雙手一攏，兩柄弧形劍套合起來，放回脅下革囊裡。

她問道：「萍萍，你現在到底要上哪兒？」

東方萍道：「嬤嬤，我要去滅神島。」

西門嫘皺了一下眉頭道：「那個地方怎是你能去的？」

她側首對金羽君正容道：「莊鏞，你又不是不知道那地方？怎能帶萍萍去呢？」

金羽君歉疚地一笑，道：「她一定要去那兒，我有什麼辦法？況且，我這條命還是石砥中和她救回來的呢！」

西門嫘揶揄地道：「你還要人救？堂堂金羽君！」

她劍眉一蹙，道：「萍萍！我和你哥哥一塊出來的，剛剛我已經馳過這兒，直到大同府城，碰到玉兒留下的記號，他說這面方圓三十里之內他都查過了，沒有見到你，所以我又倒回來。」

東方萍問道：「我哥哥去哪兒啦？」

西門嫘嘆了一口氣道：「他已越過太行山，到山東境內去了！萍萍，你想想，他和你爹爹奔波江湖，為的是誰？」

東方萍眼眶立時潮溼起來，她輕輕道：「但是我不放心石砥中，他會被爹爹殺死的！」

西門嫘道：「像他這樣膽大之人，還怕天龍大帝？」

東方萍點頭道：「他現在還不是爹爹的對手，但是用不了三年，他一定能領袖武林，打敗二帝三君。」

「哼！」西門嫘叱道：「像你這樣的女兒，你爹爹幸虧只有一個……。」

東方萍彷彿沒聽到西門嫘之言，她夢幻般地道：「我相信他能，因為……因為他蘊藏有一種神奇難測的力量。」

西門嫘冷哼一聲，道：「你少自我陶醉了，那倒希望那小子還能活上三年那麼久。」

她叫道：「來吧！上車去。」

金羽君也勸道：「萍萍，你還是先隨她回天龍谷去，至於滅神島，你確實不能去的。」

他微笑道：「放心好了，遇到石砥中時，我會叫他去天龍谷找你的！」

東方萍想了想，默然點點頭道：「我這就回谷去，你遇到砥中，一定要他來，我在谷裡等著他，不管一年或兩年，甚至五年！」

她的話聲嗚咽，說到最後，淚水奪眶而出。

她擦了擦眼角的淚，仰首望天，幽幽道：「秋天就這樣冷，冬天更是寒冷，砥中，冬天我會很寂寞……。」

她這兩句話說得淒涼無比，石砥中若是運功時能聽到她的話，他一定會不顧自己身上有多重的傷，躍將起來，奔到東方萍面前，向她訴說自己的思念……。

然而，他卻瞑目盤坐，精神已至忘我之地，不聞不問，不知不覺了。

墨羽感到心頭一酸，眼淚不由得滾落出來。

他真恨不得能高聲喊叫，告訴東方萍，說石砥中就在他面前不足八丈之處。

但是他連掙扎的力量都沒有，更不用說站起來。

他不敢眼見一個那麼美的女孩子，臉上盡是哀傷悲苦，他閉上眼睛，任由眼淚緩緩流出。

美的力量是最感人的。

× × ×

也不知過了多久，墨羽聽到耳邊有人對他說道：「你很傷心？我實在不該點了你兩個穴道這麼久。」

墨羽睜開眼睛，便見到石砥中站在自己的眼前。

他看到石砥中那玉潤的俊俏臉孔，以及那微含憂鬱的眸子，不由愕然忖道：「昨晚的他，與現在相差好遠！」

他倏地想到那楚楚可憐的東方萍來，待他目光一轉，卻看見空林蕩蕩，叢草依依，沒有見到任何一個人停在附近。

石砥中伸手點出，飛指解開墨羽被閉的穴道。

他胸前沾上被天龍大帝震傷的血漬，仍自鮮明未乾。

低頭望了望胸前的血印，他淡淡地笑道：「我本想不點上你的啞穴，但我運功之際，絕對不能受到外物干擾。」

墨羽穴道被解，還不能站起來。

他仰首望見石砥中微微一笑，那淺笑中的一抹哀愁，使得他的心弦都不由一跳。

他暗自忖道：「像他這樣的笑容，我都忍不住為之心動，何況女孩子，怪不得東方萍以天龍大帝之女的身分，也會對之依依不捨。」

他站了起來，望見石砥中仰首凝望空中的浮雲，他輕咳一聲，道：「師叔。」

石砥中聞聲應了一聲，道：「你現在承認我是你師叔了？」

墨羽跪下，叩頭道：「師侄去年見到靈光師兄時，並未聽他提起師叔，故而冒犯師叔，尚請師叔恕小侄不知之罪。」

石砥中雙手托起墨羽，淡然一笑道：「我上崑崙至今不過三個月，當然你不會聽靈光告訴你。」

墨羽驚道：「師叔僅上山三個月？」

石砥中頷首道：「本無大師兄代師收徒，所以我就是先師藏空的關門弟子。」

他沉聲道：「本門輕功與內力都名著武林，然而劍法上未免有所不足，我看你輕功還可以，但內力就不大行了。」

墨羽想到昨晚與石砥中對上一掌之事，他不由問道：「師叔，你已經恢復了？」

石砥中一笑，知道墨羽此刻所想。

他右掌輕飄飄一拍，沒聽見勁風急嘯之聲，便見距此二丈外的大石「嘩啦」一聲，碎裂散開。

墨羽倒吸口氣，這才相信石砥中確實與天龍大帝對過掌，因為他忖量自己的師父水月大師根本無法如此瀟灑地在這麼遠的距離將那塊巨石擊碎。

石砥中道：「這是本門失傳之藝『般若真氣』。」

墨羽問道：「師叔，你在地上插的是……？」

石砥中道：「那是我所布的陣法，你若站在外面，將會只見到一層淡淡的白霧……。」

「哦！」墨羽驚叫道：「怪不得他們不能看見您。」

石砥中問道：「你說是誰？」

墨羽道：「金羽君、羅剎飛虹西門婇，還有天龍大帝之女東方萍。」

「什麼？」石砥中目射寒光。

他五指似電，抓住墨羽的手臂，問道：「你說萍萍……哦不，東方萍她到過這裡？」

墨羽只覺手臂痛得全身都微顫，他呼道；「師叔，您放手！」

石砥中歉然地放開手，墨羽就將剛才發生之事源源本本的告訴他。

石砥中痛苦地悶哼一聲，右掌一揮，將地上擊出一個大坑，他大喝道：「你剛才為何不說？」

墨羽道：「她說要在天龍谷等你，希望你能在冬天趕去！」

他頓了下道：「我幾次要叫您，卻因啞穴被點，喊叫不出……。」

石砥中抓著自己的頭髮，痛苦地叫道：「哦！萍萍……。」

他腦海思緒飛轉，由東方萍那美麗的臉靨，又想到滅神島上的寒心秀士。

眼前彷彿浮現一張滿臉鬍鬚、憔悴焦急的蒼老臉孔，他嘆了一口氣道：

「爹，我這就去救你。」

他很快地鎮定了自己的心神，也作了一個決定，於是他側首問道：「你這次為何會替宮中護送一劍一戒給幽靈大帝？」

墨羽道：「聽說幽靈大帝有個女兒要一柄寶刀，所以大內侍衛就邀請華山、武當、少林、點蒼、峨嵋各派，派弟子護送。」

他赧然道：「師侄我因與武當一個弟子熟識，所以也被他邀作一道，其實我只是想看看名震天下的幽靈大帝，沒想到四大神通會施計冒充海南、崎石兩派劍手，來向我們挑戰。」

石砥中點頭道：「你現在該回崑崙去，不要在江湖上闖蕩，拜謁掌門之後，專修本門劍法，等我回去後，我會另外傳授你一套劍法。」

他歉然道：「現在我沒有空了！在崑崙再會吧！」

他話聲一了，拉著墨羽，閃出了枯枝所布的陣法中。

待到墨羽定過神來，已不見石砥中人影了。

望著幽幽的荒林，他不禁為自己這一夜來所見之奇遇，而感到有點恍恍惚惚的。

凝立了好一會，他輕嘆口氣道：「江湖上奇人異事如此之多，我也該再回山去苦練一番。」

那些倒臥在地上的屍骸，已被泥沙亂草所掩蓋，但是血跡依然清晰。

他目光移轉在點蒼棲霞子的身上，那僵硬的屍體使他有一種人事無常的感覺。

他嘆道：「還是任他們如此吧！也許他們會覺得如此才會心安。」

他悄然步出叢林，悄然穿行於草叢。

秋風起，白雲飛……。

第三章　紅花印記

深秋了，天黑得早。

晚霞滿天。

茫茫四外，是一片盪漾的河水。

波光粼粼，映著豔麗的霞光，海面泛起一層彩虹。

一艘大船，扯滿了帆，戴著滿空的晚霞，航行於海中。

回頭望著沿海的點點漁帆，石砥中撫著脅下長劍，緩緩坐了下來。

靠著艙門，他默然的低下頭來。

無盡的相思，似江水萬千在他心底激盪。

他不能忘記自己與東方萍在一起時的每一段時光，儘管那其中有著許多哀愁摻雜在快樂之中。

船行海中。

泛著霞光的海水，漸漸褪去了色彩。

天暗了，一彎眉月自海岸邊緣升起。

石砥中深吸一口潮溼而微帶鹹味的空氣，抬起頭來。瑩潔的皓月，灑下淡淡的銀光，落在船艙和船板上。

他看到船老大坐在船頭吸煙，那長長的煙桿伸出老遠，一點火星時亮時滅。

在濛濛的夜色裡，那結實的身軀露出了粗獷的輪廓。

石砥中想道：「像他們整日泛行海上，又何嘗不是與命運搏鬥，經過了無限的風浪，而不能倒下去。」

他撫著新買的長劍，自言自語道：「人生就是這樣，每一天都是搏鬥，與命運，與環境，與自己心中的慾望而搏鬥。」

海面平靜，縱然有風，但並不很大，故而船很快地航行於茫茫的大海裡。

浩瀚無邊的大海，帶給石砥中一種開朗愉快的心情。

他在沉思之際，船老大拿著大煙桿，走了過來。

他站了起來道：「老丈，你好。」

船老大呵呵笑了一下道：「公子，你是第一次出海吧！覺得還好吧？」

石砥中回頭望了望，已不見那些出海捕魚船上的漁火。

他點點頭道：「嗯，很不錯，像這樣的一個晚上，確實是很愜意的。」

船老大吸了一口煙笑道：「等到颳大風的時候，海浪比山還高，船像要飛上空中，搖晃得檣傾楫摧，人都摸不清東南西北時，可不能說船上愜意，那時真恨不得自己從來不會掌舵。」

石砥中應道：「那麼我是太幸運了？」

船老大道：「在東海附近，群島羅列如星，公子你說的滅神島，和七仙島是相對峙，其他尚有羅公、崎石等等較大的島。」

他敲了敲煙桿，道：「若非最近崎石、七仙、羅公三島聯合起來，共同保護附近這段海面，我可不敢承諾公子，出海到滅神島去。」

石砥中哦了一聲道：「莫非那崎石、七仙、羅公三島都有善良之人，他們保護你們打魚？」

船老大苦笑一聲，還沒作聲，便聽到前面船頭一陣吆喝。

立在船首的船夫驚道：「有三艘大船向這邊馳來。」

船老大苦笑道：「抽利錢的來了，只不知他們為何要出動三艘大船。」

他對石砥中道：「公子，我跟你要四十兩銀子，實非得已，他們要抽去二十兩，再加上什麼放行的錢十兩，一共要三十兩，所以……。」

石砥中雙眉一軒，道：「哦！原來還有這事？我怎麼不知道？」

船老大匆匆往前走去，石砥中忖想一下，也跟著往前面船頭行去。

他剛走到前艙之處，便聽到一聲低沉的喝叱道：「你們好大的膽子，竟然晚上敢航行在這條海道上？」

石砥中見那說話之人一臉彪悍之色，兇狠地喝道：「前日開始，海外三島二洲會盟於滅神島上，嚴禁一切船隻航行此處，你難道不知道？趕快回航！」

石砥中忖道：「又有什麼三島二洲？他們之會盟，莫非又與大內有何關聯？」

他喝道：「朋友，我僱這艘船，是要到滅神島去，我是應滅神島主所邀。」

那漢子目光一移，在石砥中臉上轉了一周。

他嚴厲問道：「你是何人？」

石砥中淡然一笑道：「在下石砥中。」

那漢子傲然笑道：「沒聽過這名字，中原的無名小卒太多了！」

石砥中臉色微變道：「閣下何人？」

那大漢道：「本人崎石島『千鱗快劍』洪鋒——」

他一拍胸膛道：「我早就想要上中原會會各派劍手，喂！你是哪一派弟子？」

石砥中見這人傲慢自大，簡直與當日所見海南劍派裂石劍鄧舟一樣粗暴無禮。

他淡然笑道：「我是崑崙弟子……。」

他話聲未了，「鏘！」的一聲微響，寒芒一縷，迅捷如電地襲向胸前。來劍飄忽，卻毒辣無比地指向他「鎖心」大穴。

石砥中低喝一聲，在劍尖剛剛觸及衣衫之際，飄風而起，似一片飛絮吊在劍尖上。

千鱗快劍洪鋒臉色一變，吐氣開聲，劍式幻變，點點鱗光灑出，凌厲詭奇地逼向石砥中。

石砥中長衫飄起，身形回空旋了一個大弧，落在艙頂。

他冷冷道：「蠻荒之人一點禮儀都不知道，難道初見面，便要殺人？」

千鱗快劍一咬牙，道：「我要殺了你！」

他身形如急矢躍起，帶著一片劍光，沉猛犀利地射了過來。

石砥中怒叱道：「像你這等凶殘之人，留之何用？」

他五指穿過對方劍鋒，準確無比地將射來的劍尖捏住。

「哼！」他一抖手腕，長劍嗡嗡直響，斷成數截。

千鱗快劍全身一震，手中僅剩下一截劍柄。

他這才想到眼前來自中原的英俊青年，技藝較自己實為高超。

他立時懊悔自己不該在劍會未曾舉行之前，就預先賣弄一番，以至惹上這個強敵。

但是他這個念頭還沒完全轉過腦際——

石砥中低喝一聲，駢五指，斜揮似劍，在一個剎那裡，劃過空中。

「啊——」那沉重的一擊，落在他雙眉之間。

頓時使他頭骨裂開，鮮血流滿臉上，慘叫一聲，仰天倒下。

石砥中吁了一口氣，有一股懊悔的思潮泛過腦海。

船舷上一陣紊亂，那三艘大船上躍下七個勁裝漢子。

夜色深濃，船舷旁站著的人齊都嚇得躲了開去。

船帆被海風吹得獵獵作響。

搖晃著的油燈，發出昏黃的光芒，映照著船板上的一切。

石砥中雙足如同鐵椿似地站立在船艙口。

他的衣袂飄起，健壯的身影在海風中，毫不動搖。

船板上，七個持劍的漢子，默默地逼向船艙而來。

石砥中望著三艘大船，和那些身著羊皮縫製成的緊身衣裳的大漢，突然地有了一種懊悔的感覺。

他認為自己不應該如此輕易地就殺死一個人，雖然自己的生命受到了威脅。

但是他還沒想到現在該要怎樣行動之際，已見到一個大漢撲了上來。

眼前劍風颼颼，劍芒閃爍。

石砥中悶哼一聲，身形一閃，移出四尺。

他雙掌一分，已將自側面躍上船艙的一個漢子劈下。

就在這時，他聽到船老大慘叫一聲，跌入海裡去了。

他微吃一驚，移目一看，已見船上水手正都被那些大漢追殺。

頓時之間，一股深深的歉疚自他心裡升起。

他沒想到只因自己動一時之氣，船老大便被殺死。

他眼中露出一絲殺氣，那鬱積的情緒，在眉宇間已凝聚成濃濃殺意。

眼前又出現了閃爍的劍影，悄無聲息地襲到。

石砥中大喝一聲，平飛而起。

剎那之間，他掣劍斜劈，劍刃擊在那襲來的長劍上。

一點火星飛起，那支長劍被他無匹的內力擊得從中截斷，劍刃飛在空中。

劍芒閃動裡，那個大漢臉上閃現一片恐懼與絕望的神色。

他身形用勁一挪，卻未能閃開石砥中有如電光掠過空際的一劍。

「啊！」他慘叫一聲，眉心滴血，頭部被劍尖劃開，跌落艙板上。

「噗！」的一響，人體墜地聲中，石砥中橫空跨出四步，如大鷹展翅般，劍刃自四個部位切出，化出一蓬悽迷的劍影。

一連數聲悶哼，四支長劍落入海中，那幾個大漢驚惶地向四外躍開。

石砥中冷酷地一哼，「嗤嗤！」之聲響起，劍式疾轉，劍尖劃開了四個驚惶逃遁的大漢臉上的「眉衝穴」。

他們手掩額頭，全身顫動，慘叫聲中，紛紛仰天跌倒，鮮紅的血液自指縫間流了出來……。

石砥中雙眼露出炯炯的神光，凝視著那畏縮地站在船舷的一個漢子。

他緩緩地收回長劍插入鞘中，輕嘆一聲道：「你是那一個島上的？」

那大漢搖搖頭，指了指自己的嘴。

石砥中淡然一笑道：「原來你是啞巴！」

他揮手道：「你走吧！我不殺你。」

那大漢欣然地朝石砥中作了一揖，便往右側那艘船上躍去。

石砥中俯首望著船板上倒著的幾具屍首，輕輕地嘆了口氣。

他寥落地垂下頭來，感到一股從未有過的孤獨之感襲上心頭。

想到剛才與自己傾談的船老大，此刻已經死去，這種世事無常的感覺，在海船之上，尤其在他現在失去了東方萍之際，更是感觸良深。

他思緒流轉，良久，方始抬起頭來。

新月如鉤，風帆被大風吹得高高鼓起，船身在海中搖搖晃晃的。

石砥中望了望四周，突然，他愕然驚呼起來。

他叫道：「喂，船上怎麼沒有人了？」

海風呼呼吹過，他停了一下，又高聲喊道：「喂！船上有沒有人？」

呼聲隨著海風散開，但是卻沒有一個人應聲而出。

他記得船上除了船老大和那掌舵的長子外，還有約十二個人在艙中工作，然而此時卻未曾見到任何人出來。

他忖道：「莫非他們都已經嚇昏了？」

他走到艙尾，發現舵已經折斷，兩個短裝船夫頭頸折斷，臥在船舷之上。

他低哼一聲，忖道：「莫非有人趁我揮劍之際，自船尾潛上船？那些人竟被他們殺死？」

一念及此，他悚然一驚，身如風旋急轉，掠空撲向船艙。

艙內沒有什麼人，他立刻又撲入底艙。

進入底艙，一股腥氣撲了上來。

他皺了一下眉頭，往四側一看，只見艙中四處都是屍首。

每一具屍首都是身如漆黑，浮腫的身軀都泛出濃黑的漿水，腥臭之味，正是由這裡發出。

石砥中悚然忖道：「他們都是被人下毒而死，看這種慘象，他們卻連一聲呼叫都沒喊出。這種毒之厲害可想而知了，而且下毒之人能於我出劍殺人之際放毒，這種功夫……。」

他低喝一聲，叱道：「是誰？」

隨著叱喝之聲，他雙掌護胸，飛身躍上船板。

腳尖略一站穩，他便四下一看。

只見海風依然輕呼而過，沒有一個人影。

他愕然的轉過身去，忽地目光凝聚在桅桿上。

在那粗壯的桅桿上，一朵鮮紅的花鐫進桿中。

在昏黃的燈光下，依然可看得清那是被人硬生生壓入桿中的。

他飛身躍起，站在船上，伸出手去細細一摸，方知那真是一朵紅花，並非以鐵片鑄成的。

這種花瓣脆弱的花朵，竟能被人以內力嵌入桅桿中，邊緣沒有一點損壞，這種功力，確實可驚。

石砥中右掌貼著桅桿，內力一發，將那朵紅花逼出桿外。

他手持紅花，略一查看，便知這花才採下沒有一天工夫，因為花瓣依然隱含芬芳，沒有一絲枯萎之象。

他不清楚這紅花是何時被人鑴入桅桿，同時也弄不清楚在秋日風霜甚濃之時，怎會有這麼鮮豔的花。

他略一忖思，身軀便平飛而起。

石砥中繞著船舷行走查看一周，卻沒有發現任何地方藏著有人。

濃濃的霧在四處凝聚，他已不能看到剛才三艘船到了哪裡。

海上波平浪靜，船身僅是輕輕搖晃著。

石砥中頹然地坐了下來。

第四章 凌波御鯊

石砥中手持長劍，靠在艙門坐著。

右手旋轉著手中的小花，花朵散放出淡淡的芬芳香味。

他的一縷幽思隨著淡淡的芬芳發散開去。

他想到以往的日子裡，在大漠中闖進天龍谷後的情況。

思緒往前追溯著，於是，他又覺得此時身在崑崙……。

他哦了一聲，忖道：「莫非這是千毒郎君弄的鬼？」

霎時之間，他大驚忖道：「若是他，我今日可糟糕了，在這茫茫的海上，我一點水性也不懂……。」

就在他惶然四顧之際，船身突地一斜，咕嚕幾聲，海水湧進底艙。

石砥中見到海風吹得風帆鼓起，船舷直往右邊傾去，眼看只要風再大一點，這船立刻就要翻覆了。

他拋去手中的紅花，雙掌一合，嘿地一聲，拍在桅桿上。

千鈞之力自掌心發出，那根長約丈許、粗如碗公的桅桿，「喀嚓」一聲從中而斷，夾著巨響，落了下來。

石砥中大喝一聲，左足登前半步，揮出「般若真氣」，頓時將飽含海風的船帆送出丈外，墜落海中。

他四顧茫茫，眼前一片俱是白霧，連天空都沒入霧中。不見星月，更不知距離最近的陸地有多遠。

他忖道：「這霧來得快，去得一定也很快，等到霧散了，我就可看清四周，那時再謀打算。」

就在他忖思的短暫時刻中，船在繼續下沉著，傾斜的船身只露出半截在海上。

石砥中沉著地站立在船頭，兩眼注視著四周，心中不斷地忖思著如何才能脫離這將即沉沒的大船，而到達岸上。

船緩緩地下沉，他依然沒想到什麼好的方法。

眼見只須片刻，這大船便將全部沉沒。

他咬了咬牙，拔出劍來，在船舷削下兩塊長約三尺的木板，然後脫下外袍，撕了兩條布帶，將木板紮在腳上。

望著自己的樣子，他不禁苦笑起來。但是在這茫茫無人的海上，要他一個人孤寂地應付即將來臨的打擊，除了自己想辦法之外，還有什麼人可依靠？

他想了想，忖道：「這整條船仍在繼續下沉，因為船底被人打了洞，海水湧了進來，我若將這小半截船身切下，或可浮在海上，只要今晚不要颳大風，霧散天亮之後，再想法划近陸地。」

他想了便做，長劍揮起，從身前的船板削入，繞著四周劃了一個大圈。誰知他劍刃還沒將船板切開，便覺手中一震，整個船身都猛然下沉，生似有人在海底下拉扯一樣。

他勃然大怒，提起丹田真氣，雙足踏浮在海上，右掌貼住船身，強勁的內力傳出，藉著木板撞去。

他這種藉物傳力的功夫，與少林之「隔山打牛」的絕技一樣，全係內家借力打力之法。

只見海水嘩啦一陣波動，兩個赤身都背有一個黑皮袋的短髮漢子浮了起來，他們胸腹之間都裂開了一個大洞，血水正如潮流出，染紅了海面。

石砥中俯下身去，將那兩人背上的皮袋解下，只見袋口有一突出的小孔，此刻正「嗤嗤！」的漏出氣來。

他這才恍然那些人原來是藉著這皮袋裡的空氣，作為水底呼吸之用。

他輕哼一聲，右足一抬，內力湧出，直逼海面。

「啪！」的一響，海水波濤翻起，一個赤身的漢子浮出水面。

石砥中眼光如電，已見到兩條白浪往外潛去。

他大喝一聲，長劍脫手飛出，直射丈外。

身形一翻，他滑開數尺，藉著腳底木板的浮力，右掌急揮而出。

「啊──」一聲慘叫，他已將潛在水中的漢子半邊腦袋劈去。

鮮血直冒上來，他側目一看，已見那被自己長劍射穿肩胛的另一個漢子，正在海水裡掙扎，痛苦地慘叫著。

他冷笑一聲，深吸口氣，斜滑過去，方待伸手拔出長劍，卻已見那人帶著長劍沉入海中。

一把沒抓住，他險些跌入海裡，回頭一看，那半截船身也都沉入海裡。

他咬了咬嘴唇，略一忖思，便朝東南邊浮去。

豈知他方始滑行不到三丈，便見海面浪花翻滾，一群長約丈許的鯊魚正向自己游了過來。

他暗暗叫苦，忖道：「唉！我殺了這些人，讓血腥味浮在海上，當然這些鯊魚會嗅著味道而來。」

雖在忖思之際，他仍然運氣滑行，藉著腳下兩塊厚厚的木板浮在海面上，繼續向前面滑去。

後面浪花飛濺，十幾條鯊魚急速地追趕而來。

石砥中握緊手中劍鞘，向那最先趕到的一條鯊魚頭上擊去。

「啪！啪！」數聲，他掌風揮出，劍鞘連擊，轉眼便打死數條鯊魚。

但是那一群鯊魚立時趕到，浪濤湧現裡，轉眼已將那些頭部碎裂的魚屍吃個乾乾淨淨。

石砥中左掌平拍，拍在一條躍起的鯊魚頭上，他大喝一聲，劍鞘斜揮，挑起一條重約百斤的鯊魚，摔出丈外。

他掌起即落，內力如潮，驚得海浪翻滾，海面上霎時浮著十幾條仰著雪白肚子的死鯊。

但是僅一會兒工夫，那些死鯊又被其他鯊魚吃個骨肉無存。

石砥中見到這種情形，駭然地急喘兩口氣，擦了擦臉上濺著的魚血。

他已覺得左掌都快麻木了，而且內力也消耗不少，不由心中焦急無比。

「咯登！」兩聲，他腳下的木板被鯊魚咬得斷裂大半。

他右足一踢，震脫那咬住木板的鯊魚，飛身躍起丈許，斜飛而去，死勁地向著東南方滑行而去。

在他身後，波如潮水，激盪翻滾，大群鯊魚追趕而來，浪濤澎湃。石砥中全身都已溼透，汗水混合著血水，頭髮凌亂地披在額上，狼狽無比。

他暗暗叫苦，知道自己只要內力一時不能調勻，便會沉入海底。而單人獨力，盡殲這些兇殘的鯊魚，又是不可能之事，真使他不知如何是好。

就在他暗自忖思之時，海浪倏然洶湧如山，狂風大作，排空而來。石砥中被大浪翻起，拋入空中。

他大驚失色，未及深思，深吸一口氣，然後閉住呼吸，將背在背上的皮袋小孔塞在嘴裡。

濁浪排空，立時便將他擊落海中。

一入水中，他方始想到海裡還有鯊魚窺伺在側，趕忙又睜開眼睛。一陣輕微的刺痛後，他已能看清周圍十丈的情形，這時，他方始曉得海上風浪洶湧澎湃，海水深處是不會感覺得出，較之海面上平靜得多。

他用手撥了一下，便見到一條又長又大的虎鯊靈活的衝刺而來。那雪白的尖銳牙齒，清晰可見。

石砥中心裡一慌，雙足使勁一踢，正好踢在那鯊魚頭上。

他整個身軀卻滑得在水中翻了個身，跌在衝來的虎鯊身上。

急忙之中，他雙足一夾，右手握著的劍鞘往鯊魚那張開的大嘴塞去。

剎那之間，那條虎鯊發出一聲刺耳的怪叫，往深海中鑽去，全身翻轉游走，想要將騎在身上的石砥中拋下來。

石砥中抓住撐著鯊魚大口的劍鞘，雙足夾緊，任憑虎鯊在海底翻騰。

好久好久，他方始覺得身下的虎鯊已經不再使勁翻騰，於是他一扯劍鞘，往上面拉了拉。

他原是想要浮上海面，誰知那虎鯊嘴中刺痛，反而又往深海潛去。

石砥中趕忙雙足用勁夾緊，腳尖一勾。

虎鯊長尾急拋，仰頭直衝而上，破浪浮出海面。

耳邊風聲呼呼，清涼溼潤的空氣撲到臉上。

石砥中深吸口氣，然後吁了一口長氣，他輕輕拍了拍虎鯊的背，說道：

「這才是個好乘騎！」

他立即又啞然失笑，想到這兇狠的虎鯊怎會聽得懂自己的話？

他仰望蒼穹，只見北斗傾斜，七顆星星高懸天空，正像自己胸前的七顆紅痣一樣。

周遭大霧已散，海浪倏又回復平靜。

新月如鉤，淡淡光芒灑下，落在海面。

石砥中用手梳了梳散亂的頭髮，又擦了擦臉。

他暗自慶幸著自己能夠逃出生葬海底的厄運。

海風吹乾了臉上的水漬，有點黏黏的。

他一面擦著臉，一面想道：「萍萍天真活潑，她若是曉得我能夠駕御虎鯊在海中遊玩的話，不知要多高興，唉！只可惜她沒在這裡，否則她一定也吵著要騎一下。」

溼的衣裳貼在身上，腰上鼓鼓的包囊勒得他很是難受，清涼的海風吹來，竟然有點涼意。

石砥中沉思道：「現在將近四更，再有兩個時辰，天就會亮了，到那時再想法子。」

就在此時，遠處燈火閃現，一艘大船緩緩地駛來。

浪花激盪裡，石砥中不由大喜。

他雙足一夾，提了提劍鞘，控著虎鯊向大船游去。

方一靠近，他便看到那船頭之上，鐫著七朵鮮紅的大花，一排照明燈掛在船頭，清楚地照耀著那七朵大花。

他嗯了一聲，自言自語地道：「原來到我乘船上的人，就是這艘船派去的。」

循著大船，他騎鯊魚游繞了一周，然後深吸口氣，大喝一聲，平空拔起二丈，落在船上。

船上每隔六尺，便立著一個身著玄衣勁裝、腰懸細長峨嵋刺的大漢。

他們正自抱胸佇立著，突地聽到一聲大喝，風聲自頭上掠頭，船板上「砰！」的一聲大響，上來了一人一魚。

這些大漢齊都大驚失色，幾乎不敢相信自己的眼睛，但是仔細一看，果然是一人一魚。

他們一愣之下，立時便撲了上來。

石砥中輕哼一聲，左掌一揮，已將最先撲來的大漢擒住，他振臂一擲，便將之扔在海中。

船上鈴聲急響，石砥中猱身而上，指掌齊施，連出七招，如秋風掃落葉，將湧上前來的八個大漢一齊打落海中。

眼前一排大漢，持著峨嵋刺護住艙門。

石砥中跨著大步，直往艙裡闖去。

他漠然無視於那森然發光的尖刃，挺胸往前行走。

那排手持峨嵋刺的大漢眼見石砥中大發神威，於剎那之間便連闖兩道防衛，齊都大驚失色。

此刻一見石砥中昂首前來，面面相覷了一下，不知如何是好。

石砥中站在艙門前左右顧盼了一下，沉聲喝道：「讓開！」

那排大漢一愣，霎時被他炯炯的神光所逼，不由自主地退後一步。

石砥中大步跨了進去，他一進門，便見艙中一片碧綠，頭上懸著七顆明珠，淡淡的珠光照得四壁更是油綠可愛。

在艙中光滑的地板上，鋪著淡綠色的地毯，古色古香的綠色茶几上，擺放著墨綠的花瓶，花瓶裡有鮮紅的花，這是室內唯一不是綠色的……。

他略一瀏覽，卻發覺室內空寂無人，同時也發覺這綠色的船艙裡，有一股芬芳的氣息，沁人肺腑。

他冷哼一聲，道：「艙裡沒人嗎？」

身後金風破空，急銳似錐的刺到。

石砥中頭也沒回，上身平空移開三尺，右掌反臂拍出，疾如電掣。

他一掌拍出，卻沒有碰到什麼，身後疾風陡然隱去，生似那急射而來的東西突然消失一樣。

石砥中悚然動容，他回掌附胸，旋身面對著大門而立。

門口立著一個身著綠色綢緞錦衣，披著銀灰貂皮披肩的少女。她眉如新月，秋水清溢，朱唇瑤鼻，手持一支長約五寸的碧玉簪，正愕然地望著劍眉斜軒的石砥中。

石砥中雙目凝視著這綠裳美貌少女，不由驚訝著這個綠裳少女怎地如此年輕。

因為剛才那式自後暗襲的金風破空之聲，非有深沉的功力不可，而那應變之速，連他竟也沒能擒住，這等技藝的確令他吃驚不已。

那個綠衫少女似是沒想到石砥中會長得如此俊逸，她一愕之下，霎時臉上浮起一層紅暈。

石砥中雙眉輕皺，道：「你就是船上主人？」

綠衫少女點頭道：「是啊！幹嘛？」

石砥中目光一閃，瞥見那些手持哦嵋刺的大漢都肅然站立著，沒有動彈一下，就像木頭雕塑而成。

他哼了一聲，道：「那麼派人下毒、沉船、送花示威的，都是你了？」

那綠衫少女秀眉一揚，滿面驚容地道：「你就是那姓石的崑崙高手？」

石砥中朗聲笑道：「在下石砥中，正是崑崙弟子！」

綠衫少女看見石砥中一身溼淋淋的，以詫異的目光注視著他，不信地道：

「剛才那陣旋風和濃霧，竟沒把你吹入海底？而且這附近是虎鯊出沒之地，你竟能逃過分屍的噩運，我真有點不相信，你是真的石砥中？」

石砥中沒想到眼前這個少女竟也如此天真，真把他問得有點莫名奇妙了。他沉聲道：「石砥中是我，還有什麼假的不成？」

綠衫少女哼了一聲，一咬下唇，斜睨了石砥中一眼，右手倏然一揮，一點綠光電射而出，朝近在數尺的石砥中咽喉射去。

石砥中目中精光一現，五指回空抓出。

綠衫少女一抖手腕，綠光一縷倏地又折回，拐個大弧，神速幻妙地射向對方小腹「大赫穴」。

石砥中低喝一聲，上身斜移二尺，縮腹吸胸，避開那詭異的一簪。

他目光看得真確，已見綠衫少女手中碧玉簪上繫著一條細細的銀灰色繩線，所以能夠遠攻近截，伸縮由心。

他身形一閃，雙掌伸直如劍，連接不斷地攻出兩式，掌緣削過空中，發出呼呼的嘯聲，劍式大開大闔，沉猛宏闊地向前逼去，頓時將綠衫少女逼出五步之外。

綠衫少女被剛勁犀利的劍式逼得連退五步，她臉孔漲得通紅，嬌叱一聲，左袖一拋，舒捲而出。

她那雪白的玉掌，奇幻莫測地在綠袖之下時隱時現，詭絕的掌式配合著右手雙指揑著的玉簪，猛攻而出。

石砥中雙足不動，連接對方攻到的六掌三簪，他嘿嘿一笑道：「果然你是千毒郎君一路的。」

他深吸口氣，喝道：「現在看我的！」

話聲之中，他大步跨前，雙掌分化，詭奇幻妙地連攻五掌二指。

綠衫少女驚叫一聲，道：「你怎麼也會大舅的招式？」

石砥中剛才所施的幾招，正是當日在崑崙眼見千毒郎君與七絕神君對抗時所施的「陰陽雙尺」上的招式。

他聰穎無比，過目不忘，胸中雜藝淵博，包羅廣泛，是以將那千毒郎君雙尺所施之招式都熟記於心。

這時，他見綠衫少女驚詫的一叫，淡然一笑道：「我會的還多著呢！」

他五指奇快的一抓，左掌疾穿而出，斜劈對方「臂儒穴」，直朝肩上「肩井穴」而去，掌勁內蘊，卻朝對方右脅劈去。

他一招兩式，狠辣詭絕，直嚇得那綠衫少女臉色大變。

她身如飛絮，滑旋退後，閃開對方攻到的兩式。

石砥中五指如風，斜伸而出，於電光火石的剎那裡，將綠衫少女的貂皮銀裘抓住。

綠衫少女峨嵋倒豎，綠光疾射，穿心而出，射向石砥中「鎮心大穴」，迅捷似電。

石砥中左掌一勾，平拍而出，一股掌勁逼出，將碧玉簪擊得在空中一頓。他左掌一合，便將碧玉簪抓住。

綠衫少女右手指上套著一個銀環，環上細線似絲，銀光閃閃，在線頭即縛著那碧玉簪。

她一見自己的玉簪到了對方手中，趕忙沉身運氣，用勁一扯，想要將玉簪搶過來。

石砥中屹立如山，他低喝一聲，左臂用勁一拉，心想雙方內力一扯，那根細若游絲的銀線該會斷去。

誰知那根線不知是什麼東西織成的，堅韌無比，儘管被拉得筆直，拉得緊緊的，卻仍然沒拉斷。

石砥中心裡驚愕萬分，他深吸口氣，如抱滿月，左臂往胸中一擊，立即又往前一送。

那綠衫少女只覺對方力道突加，馬步頓時一晃，往前傾了兩步。

誰知石砥中一緊之後，立即又是一鬆。

那綠衫少女只覺渾身力道都放在空處，不由悶哼一聲，仰天跌到船板上。

她兩眼一紅，嬌叱道：「你們上呀！」

那些手持峨嵋刺的大漢，立時交錯縱橫，遊走如絲，將石砥中圍了起來。

石砥中朗笑一聲，掌如刀刃，格開兩把自偏鋒刺進的尖刃，雙手倏然一伸，已將兩個大漢後領擒住，高高舉了起來。

他大喝一聲，往船板上一摔，只聽「叭噠！」兩聲，腦漿四濺，鮮血灑得一船板都是。

他瞪大雙眼，神威凜凜，沉聲道：「誰敢再上一步，這就是你們的榜樣！」

那些大漢齊都戰慄地停住了身子，驚愕地望著他。

石砥中自肩上拿下適才搭上的貂皮衣裘，朝綠衣少女扔去。

他寒聲道：「千毒郎君是否在此船上？」

「嘿嘿！」

兩聲似冰的冷笑，自他身後傳來。

第五章　千毒郎君

石砥中未及思索，便飄然翻身。

果然，他見到綠色的艙中立著一個瘦削的中年人，那正是曾在崑崙所見的千毒郎君。

千毒郎君臉上掛著淡漠的微笑。

他見到石砥中凝視著自己，肅容道：「你的命真大！」

石砥中冷峭地道：「沒有被你毒死是吧？」

他俊眉一軒，朗聲道：「我只道天下以二帝三君為武林之最，豈知盡是沽名釣譽之輩，只會暗中侵害於人！」

千毒郎君冷冷道：「好狂妄的小子，嘿！你的口氣真大。」

他在茶几旁的一張長椅子坐下，右手一伸道：「你請坐下。」

石砥中一愣，不知對方這是何用意，心中意念急轉，卻沒表露在臉上。

他大步跨進艙裡，在靠著茶几旁的一張檀木椅坐下。

千毒郎君一擺手道：「來人哪！倒茶。」

石砥中目光自那墨綠的茶几移轉到几上的玉瓶。

霎時，他的目光凝聚在那高約三尺的玉瓶上。

那玉瓶上畫著一個身著淡綠輕紗的長髮少女，低垂黛眉，斜倚香榻，一副幽怨之情，栩栩如生的活現瓶上。

那細纖的手，如同白玉，襯著薄紗，更顯得清瑩無比。

循著細極約束的柳腰，輕紗掩蓋著白皙、修長的大腿，露出了纖巧玉潤、晶瑩有致的腿踝骨和薄薄的腳掌。

這玉瓶上的畫，不知是怎樣燒上去的，精巧細膩，連薄紗上的一個小皺褶都看得清清楚楚。

石砥中驚嘆道：「好細的功夫！」

千毒郎君苦笑道：「這費了我半年功夫。喏，你看這一邊。」

他將玉瓶旋轉了半匝，石砥中一看之下，登時臉孔發紅，不敢再看。

敢情瓶子那邊畫的仍是同一個人，那修長的大腿，整個的露出輕紗之外，衣襟半掩，露出玉潤的酥胸，長髮散落榻上，臉孔朝外，露出美麗的笑靨。

那微張的朱唇，編貝的玉齒，半睜的眼眸，自長長的睫毛底下，發出冶豔撩人的目光。

石砥中肅容道：「你這是什麼意思？」

千毒郎君輕咳一聲道：「你先用茶吧！這是產自福建武夷山的……。」

石砥中接過一個淡裝少女遞過來的茶杯，往几上一放道：「我游了半夜的水，並非來此喝茶的。」

千毒郎君淺笑道：「茶中無毒，何況你也不畏毒藥。」

他語聲一頓，正容道：「你可否告知你為何不怕毒藥？難道你本身是個毒人？」

石砥中皺眉道：「什麼毒人？」

千毒郎君注視著石砥中臉上，他見到對方神色絕非是裝出來的，方始點點頭道：「你既不是毒人，那就好辦了！」

他喝了一口茶，道：「像我一生弄毒，天下所有毒物，我都有涉獵，甚而以身試毒，故而百毒不侵，血中自然產生一種克制毒藥的力量，因為我所有的血液都是毒，所以我是毒人。」

石砥中只覺毛骨悚然，他聽到了從未曾聽過的怪論。

千毒郎君臉上掠過一絲得意之色，繼續說道：「你知道我為何告訴你這些話嗎？」

石砥中搖了搖頭，揭開了茶杯的蓋子，他只覺一股馥郁的香味撲上鼻來，清沁入胸，杯中綠色的茶水，更是碧綠可愛。

他蓋上茶蓋，伸手自懷中掏出那枚「紅火寶戒」來，生恐千毒郎君會趁他不防之際，放毒暗算。

千毒郎君沉聲道：「天下的毒物，廣被宇宙各處，大凡草根樹皮，花朵綠葉，以及蟲獸皮甲，各種礦物，都有巨毒之類蘊藏其中，只要略加提煉，便可製成致人於死的毒藥。」

他微微一頓道：「例如那些鶴頂紅、孔雀膽，或毒蛇口液，俱是尋常之物，弄毒之人所要研究的，乃是那無色無臭，施之無形，受之立斃的毒物。」

石砥中圓睜雙眼，詫道：「有這種毒？」

千毒郎君面色黻然道：「這種無形無影之毒，普天之下，咋有我丁一平會用！」

石砥中劍眉一軒，霎時立起身來。

千毒郎君丁一平道：「你不用太過緊張，我若是施出此『無影之毒』的話，你早已不能與我在此說話了。」

他微微一笑道：「請坐。」

石砥中猶疑一下，依然坐了下來，他沉聲道：「你說這些話是何用意？」

千毒郎君道：「我生平對什麼人都不服，儘管天龍大帝三劍司命絕技震撼武林，幽靈大帝邪門絕藝高明，而他們卻不似你這樣，過目不忘，身懷寶物，運氣好極，不畏巨毒。」

他點了一下頭，嚴肅地道：「老實說，我很佩服你。」

石砥中沒有作聲，他在尋思著千毒郎君言中之意，實在他弄不清千毒郎君怎會說出這種話來。

千毒郎君道：「我在崑崙曾劫獲一支金戈，那時與你會面時，我曾將你擊傷，而你卻沒有中毒，至今僅二個月左右，你目前功力已突飛猛進，大可與我硬拚百招之外，所以在武林中，你是每一個成名高手最大的敵人。」

他雙眼發出駭人的陰寒目光，寒聲道：「若是假以兩年時光，你必能成為一代宗師，為崑崙發揚光大，所以在目前，我有除去你的欲望……。」

石砥中劍眉斜軒，朗聲笑道：「你說了半天，原來就是說的這個意思？我在那沉船上，面對著一群虎鯊，狂風巨浪，也沒能死去，現在還怕你殺了我？不管你怎樣，我領教了就是。」

千毒郎君瞥見石砥中手指上戴的紅火寶戒，面露詭笑道：「這是紅火寶戒？」

石砥中點頭道：「正是！」

千毒郎君道：「你請坐下，我們慢慢再談！」

他點點頭忖道：「怪不得我那產自七仙島陰魂谷的『七魔花』會失去效果。」

他略一沉思道：「你可想到與我合作？」

「合作？」石砥中愕然道：「什麼合作？」

千毒郎君指著桌上玉瓶道：「你再仔細看看這瓶怎樣？」

石砥中看了下那墨綠色玉瓶，頓時為瓶上所畫的半裸美女所迷，他只覺心神撩亂，不可自已。

他捧起玉瓶，緩緩旋轉著，讚嘆地道：「真是個好瓶，尤其是這人像，精緻無比……。」

千毒郎君微微一笑道：「這畫像是我請天下第一畫師依據真人所畫……。」

石砥中聞聲驚道：「什麼？真有此人？」

千毒郎君輕拍一下，只見艙壁一移，一縷陽光射了過來。

石砥中抬頭一看，只見一個長髮披肩、身著淡綠輕紗的少女，緩緩地自前艙的一座榻上抬起腿來。

她優美地伸出手來，掠了下長長垂下額際的秀髮，然後起身朝這邊走來。

石砥中一見，果然就是瓶上所繪的美人，只不過那迷人的風韻，更有甚之。

他只覺心頭一震，不由自主地站了起來。

千毒郎君丁一平道：「這是韻珠，七仙島上七仙之首。」

石砥中兩眼凝視著那濃密的睫毛，木然地點了點頭。

那叫韻珠的美女淺笑輕盈，露出編貝的玉齒，朝石砥中深深地看了一眼，然後緩緩坐了下來。

石砥中只覺腦海之中紊亂無比，他幾乎停止不了要撲上去的慾望。空氣中散發的芬芳香味，使他血液奔騰，不可自已。

千毒郎君陰陰地一笑，道：「你若與我合作，我就將韻珠贈你！」

石砥中腦門一震，頓時清醒過來。

他深吸口氣，舌抵上顎，凝神靜氣，意存丹田，收回紛擾不安的意志。望著千毒郎君，他開聲道：「你為什麼殺我不成，又要與我合作？」

千毒郎君道：「我自崑崙所得之金戈是假的，而我必須涉身於大漠鵬城之秘，目前面對強敵，我已感到孤單，我必須尋一助手，唯有你，才是我最理想的人選。」

石砥中朗笑一聲，道：「過去數十年，你為何沒想到這事？現在倒找到我身上來了？」

千毒郎君道：「過去天龍大帝東方剛和海心山之幽靈大帝西門熊曾以帖牌公諭武林中人，不得圖謀那金戈玉戟……。」

石砥中避開那自身側射來的兩道火熱誘人的目光，諷刺地道：「所以你一直不敢與他們作對，而不敢動到金戈玉戟？」

千毒郎君怒叱一聲，道：「你這是什麼意思？」

他立即又忍住了滿腔怒火，答道：「當時我並非不敢，而是不需要。」

「嘿！」石砥中低喝一聲，道：「那麼為什麼現在又需要到大漠去尋找金鵬秘城？這其中又有什麼原因？」

千毒郎君一挑雙眉，道：「這個原因，你沒有知道的必要。」

石砥中一攤雙手，道：「那麼我們還有什麼合作可言？」

千毒郎君目中射出凌厲的光芒，寒聲道：「那麼你是選擇死亡一途了？」

石砥中肅然地道：「死亡倒成了你威脅我的手段，告訴你，我並不在乎死！」

丁一平怪笑道：「你若不答應，我會讓你痛苦地死去！」

他狠狠地道：「我要叫你哀號三日，輾轉翻滾，渾身糜爛而死！」

石砥中昂然一笑，道：「這倒死得新鮮，我倒要看看你被七絕神君『劍罡』所傷之處，是否已經復原。」

他說話之際，將那玉瓶捧起，交給那一直坐在旁邊，默然不語的綠衫少女韻珠。

他輕輕一笑道：「姑娘，你把玉瓶拿去，免得被打破了。」

那叫韻珠的姑娘微微一笑，伸出手來，輕聲道：「我姓施，名韻珠，你就喚我韻珠得了。別姑娘姑娘的，多難聽！」

她那十指尖尖，有如春筍般的小手，貼著石砥中的手背，輕輕地摩挲著，竟然不去接那遞來的玉瓶。

石砥中微吃一驚，臉上一紅道：「姑娘……！」

施韻珠一嘟小嘴，道：「叫你不要姑娘姑娘的亂叫。」

她眨了下雙眼，長長的睫毛翕動著，驚嘆道：「你這個戒指好大，哦！好美的一顆寶石。」

石砥中心裡一陣迷糊，目光頓時變得慌亂起來，他幾乎又有擁抱上去的慾望。

剎那間，他突地想起天真純潔、巧笑倩兮的東方萍來。

他雙手一放，也不管玉瓶是否摔破，右手奇快地將那束紅花自瓶中拔出。

他輕哼一聲道：「這花香味固然濃郁，但是來得過於邪惡了。」

話聲中，他雙手一合，內勁迸發，片片落英已化為細粉，自指縫間灑下。

千毒郎君陰陰一笑，右手抬了起來。

石砥中在他抬手之際，已經看到施韻珠臉色一變。

他心知不妙，未及多加思忖，大喝一聲，十指交揮，撲將上去。

× × ×

丁一平正要發出他新近鑽研出來的「無影之毒」，突地眼前指影繽紛，尖銳的勁風似萬支小劍，迅速地射到。

他匆忙之間，聚勁立掌，後退一步，在這狹窄的空隙裡，發掌攻出三式，擋住那射到的指勁。

石砥中旋身回掌，剎那之中，連出「將軍十二截」中的怪招，「將軍盤嶽」、「將軍彎弓」、「將軍揮戈」，有如狂風暴雨，席捲而去。

丁一平先機一失，被石砥中那連環銜接有如鐵環的緊緊招式，逼得立足不定，一連退出八尺之外。

他駭然變色，沒料到僅別了兩個月，對方便能以深沉的內力，發出如此神妙的招式。

他連擋對方三招六式，身形一屈，弓身斜行，自側面攻出四掌六腿。

他這一輪猛攻，四肢齊動，有似八足之蛛，漫空侵襲而去。

石砥中挫掌回身，有若嶽立淵峙，拳掌齊施，發出沉猛的勁力，抵住對方奇幻的怪招。

他們略一接觸，石砥中便知道千毒郎君是以輕靈詭絕見長，所以他立定身子，以雄渾的掌力與對方相搏，絕不移動腳步。

僅一剎那之間，他們已交手了三十餘招。

室內狂飆翻飛，嘯聲充塞住每個空間，直使那立在一旁的施韻珠花容失色，被激旋的風勁逼得往壁間退去。

千毒郎君見自己三十招內，仍未將石砥中擒住，他氣得怒喝一聲，滿頭長髮根根豎起，身旋步移，掌如巨扇，陡然變得又粗又黑。

石砥中心中一驚，生恐自己一個疏忽，便會中上所謂無影之毒。

他目光一斜，瞥見移開的壁牆後，掛著一把細長的寶劍。

他身軀一橫，雙足挺立，肅穆地望著千毒郎君巨扇似的雙掌，提起渾身真氣戒備著，他想到伺機躍開，拔劍應敵，以劍罡去防止對方暗算。

千毒郎君倏然急閃，掌風帶起一股腥臊之氣，飛撲而到。

石砥中推肘附掌，深吸口氣，立即閉住呼吸，雙掌一抖，「般若真氣」

劈出。

宏闊的風勁，似海潮湧出。

千毒郎君推掌聚勁，硬生生地接下一掌。

「砰——」一聲巨響，艙面碎裂成片，大塊掉落，那張長几也被勁風壓得碎屑飛濺。

風勁呼嘯裡，丁一平悶哼一聲，身形一晃，退後了兩步方始站穩身子。

他臉色蒼白，目中露出凶光，齜著牙緩緩朝石砥中行來。

石砥中看得真實，他提起真氣，壓住翻湧的氣血，凝神注視著丁一平。

他決定只要一有不對便倒躍而出，跳出艙外。

就在這對峙之時，那在一旁的施韻珠尖聲吼道：

「大舅不要……！」

千毒郎君略一猶疑，石砥中怒吼一聲，雙掌交拂，竭盡一身之力，發出兩記「般若真氣」。

千毒郎君只覺得氣勁瀰漫，逼人欲窒，他現在可不敢硬接這千鈞勁道。

低喝一聲，他滑步退入室內，右手飛快地朝壁上一按。

剎那之間，只聽軋軋之聲，整個艙房一陣動搖，兩層鐵欄柵自地板上升起。

石砥中愕然地望著密密的欄柵，他走上前去，用力握著鐵柵，使勁地搖了搖。

施韻珠道：「那是產自七仙島中陰魂谷的寒鐵所鑄，你無法搖動的。」

石砥中沒有理她，他走到碧綠的牆壁旁，右掌貼在壁上。

「嘿！」的一聲，他吐氣開聲，只見壁上裂開許多隙縫，隨著他大袖一拂，塊塊落下。

他看著那落下的壁後，依然是兩層鐵柵，不由倒吁一口涼氣。

施韻珠微微一笑道：「你也不用抬頭看了，屋頂上也是兩層鐵條！」

石砥中哼了一聲，道：「你怎麼不早出去，要與我關在一起？」

施韻珠沒理會石砥中的問話，繼續道：「這兒四面都是鋼鐵，下面是一塊寸厚鐵板，裝有滑輪，可將囚在裡面的人推入海中，或者讓他餓死！」

石砥中冷哼一聲道：「你以為我怕死？」

施韻珠諷刺地一笑道：「我知道你勇冠武林，但是你若是中了大舅的無影之毒，你將哀號三日，求生不得，求死不能，那時你再充好漢也沒用。」

石砥中沉聲道：「你少說這些話來嚇唬我！」

「哼！」施韻珠微哂道：「剛才若非我阻止大舅施出『無影之毒』，你還有活命？」

石砥中想了下道：「那你又為什麼要這樣？」

施韻珠嬌羞地一笑道：「我不願意你變成全身糜爛的樣子，所以……。」

石砥中看到她頭上有一根碧綠的玉簪，隨著她一綹長髮露了出來。他詫異地問道：「那剛才在艙外的綠衫少女，是你的……？」

施韻珠一笑道：「那是我妹妹雲珠，她好勝心強，對任何人都不服，剛才被你打敗，氣得趴在床上痛哭了一場！」

石砥中哦了一聲，道：「那你的武功也很好啦？」

施韻珠淡淡一笑，道：「海外三島二洲中，各有奇功異技，不過七仙島最小，像個小沙洲一樣，所以江湖上不聞其名，其實島上任何一個人到了中原，都可成名的。」

她看到石砥中臉上有不信之色，笑道：「你以為大舅敗在你手下？若非他被七絕神君以琴音暗算而傷了心脈，復又被他劍罡所擊，而致帶著嚴重的傷勢，經過千里奔波，雖然休養了近兩個月光景，卻到現在都沒復原，否則在三十招內，你就要負傷倒地！」

石砥中哦了聲，道：「怪不得我怎麼覺得他較在崑崙與七絕神君較技時，那種快速的行動與奧秘之技藝，比今日要厲害得多。」

施韻珠回眸一笑道：「不過你這種年紀，能有如此深厚的內力，的確震撼江湖的，怪不得雲珠上了你的船都沒能將你殺死。」

石砥中恍然道：「原來那朵紅花就是她放的！」

他想到船上被毒死之人，不由罵道：「她好狠的心，亂殺無辜！」

施韻珠道：「天下之間，有誰不畏毒的，除了你之外，我想沒有其他人了，不然這七魔毒花早就熏死你了，還容你現在發狠！」

石砥中見到桌椅齊都被勁風擊毀，無處可坐，他用腿掃開了碎屑，蹲身坐了下來。

施韻珠手捧玉瓶道：「喂！你認為我漂亮嗎？」

石砥中一怔，抬起頭來，望了她一眼，忽地覺得奇怪起來。

他摸了摸頭，說道：「我還沒回答你這個問題之前，你先回答我一句話好嗎？」

施韻珠點了點頭。

石砥中忖思一下道：「剛才，我還沒與千毒郎君比拳之際，我覺得只要一看你，便會心神撩亂，而現在不會如此，這是什麼原因？」

施韻珠臉孔一紅，道：「這個是我剛才施出『奼女迷陽之術』，而現在我沒法施出來！」

石砥中哦了一聲道：「原來如此，怪不得上次我碰見那假滅神島主時，也會有這個感覺！」

他臉色一正道：「據我所見，你和你妹妹都是很漂亮，較之那滅神島主可漂亮得多！」

施韻珠露出雪白的牙齒，輕盈地一笑道：「我該謝謝你囉！不過……。」

她詫異地道：「你與那滅神島主又是怎麼碰見的？」

石砥中道：「我與滅神島主有仇——。」

施韻珠欣然道：「有仇？你與她有什麼仇？」

石砥中道：「這個就恕不奉告了。」

第六章　無影之毒

施韻珠咬了咬紅潤的朱唇，長長的睫毛輕輕眨動了兩下，似是正在忖思些什麼。

石砥中盤坐於地，也在忖思著怎樣才能脫開這兩層鐵欄桿。

艙室內恢復了寂靜，雙方的話聲一斷，便沒有接續起來。

好半晌，施韻珠方始開口道：「你知道這次為何我們要自七仙島出航海上嗎？」

她頓了一下道：「因為我們與滅神島主青媛有仇，而青媛那老妖精最近邀集海外五島，舉行一次劍會，冀圖涉足中原。」

石砥中雙眉一軒道：「那滅神島主青媛既與你們有仇，你們又為什麼要去參加劍會？這不是太矛盾了嗎？」

施韻珠怒道：「青媛並不知道我們與她有仇，她……。」

她歉然一笑道：「對不起，一提起此事，我就會很衝動。」

石砥中不明白施韻珠要說些什麼，他默然地點點頭，輕聲道：「沒有關係！你繼續說吧！」

施韻珠接著道：「我爹為青媛所迷，而不歸家，以致我娘獨自尋上滅神島去。」

她慘然一笑道：「結果是我和妹妹成了孤兒。」

她輕輕地摸挲著玉瓶，說道：「而大舅知道此事後，也曾到滅神島去，結果卻因通不過那奇怪的各種陣式以及青媛的迷神之法，險些不能生離島上。」

石砥中雙眉一揚，道：「那島上有許多的陣式？嘿！我倒要見識一下。」

他話聲一頓，側臉問道：「且慢，千毒郎君那時為何不施展他那無影之毒？」

施韻珠搖搖頭，道：「那時他還沒找出這毒藥的藥方。」

石砥中道：「你為何要與我關在一起？難道不怕我挾持著你來威脅千毒郎君？哦！我倒沒問你，他是你的什麼人？」

施韻珠道：「他是我娘的大哥，我們一直叫他大舅。」

她低下頭來望著手中的玉瓶，輕聲道：「至於我沒先走，這是因為我相信你不會是一個挾持女子來保護自己生命的人，你為人光明磊落，必然不會這樣做的。」

石砥中並沒被這一下迷湯灌得暈暈的，他微哂道：「這些話都是你那大舅教你說的？」

施韻珠聞聲一震，愕然的抬起頭來。

她的嘴唇嚅動了兩下，幽幽道：「你到現在還不相信我的話？」

石砥中見她兩眼泛紅，淚水充盈眼眶之中，他默然地側首望著鐵柵，好一會方始道：「我相信你就是啦！但我還有一點不明白，你大舅為何要得到什麼金戈玉戟？他為什麼要找我合作？」

施韻珠道：「這個我可以回答你，因為我大舅一生弄毒，已經成為一個毒人，血液之中俱是毒，尤其最近發明了無影之毒後，引發深潛之毒素，以致每月有一次發作之期，到了那時，神志昏迷不醒，全身發冷，若在一年之內沒將『還魂草』找到配藥服下，則一年之後必會變為瘋狂無知之人。當然，他有慾望想要取得鵬城之秘，而成為天下第一人。」

石砥中想了一下，道：「這『還魂草』是產自滅神島嗎？」

施韻珠點了點頭，道：「我大舅認為你既為七絕神君之徒，一定通曉陣法之道，所以……。」

石砥中頷首道：「嗯！所以就要以你來交換與我合作？」

他提聲笑道：「我認為你編的故事很好，只不過我不相信兩點，第一，我就不相信有什麼無影之毒；第二，我若不到海上來，他又有何辦法找我？則無人可以替他上滅神島取那『還魂草』了！」

施韻珠冷笑道：「既然你說我們並非事先約好碰面，我們怎能預先編好故事？至於那無影之毒，等下可讓你看看厲害！」

石砥中被駁得無話好說，他點了點頭道：「只要我親眼看見無影之毒的威力，我便答應替你大舅取得『還魂草』，但是我絕不答應與他合作。」

施韻珠伸出手來，道：「我們勾勾手指，就這樣決定吧！」

石砥中笑了笑，伸出手指，與她勾了勾。

施韻珠道：「那麼我現在該叫大舅把鐵柵拿開，好讓你見見無影之毒。」

石砥中朗笑一聲，道：「這個倒沒關係，在下有辦法出去！」

他走到兩層欄柵邊，身形一頓，挫掌撫著丹田，深吸一口氣，只聽「格格！」數聲，身形倏然平空伸長，胸腹一縮，自那僅七寸餘寬的兩支欄柵中間穿了過去。

石砥中一出柵外，便見到千毒郎君和適才以碧玉簪與自己對敵的施雲珠站在船舷邊，指點著往海裡望去。

他回首一望，只見施韻珠已經不在室內。

他微吃一驚，卻見施韻珠自艙後走了過來。

她笑道：「你連縮骨之術都會，真的令人摸不清你的來歷。」

石砥中淡淡一笑，吁了口氣，運功散了縮骨之術。

千毒郎君丁一平回過頭來，道：「你們談好了吧？前面就是滅神島了。」

施韻珠淡然一笑道：「他答應將那還魂草取來，但是並不答應與您合作，而且，大舅，他要看看你的無影之毒。」

千毒郎君眼光自石砥中臉上掠到他手上的紅火寶戒，哼了一聲道：「你現在可以見識一下。」

他走到船邊，將石砥中騎上船來的那虎鯊托了起來，道：「現在我將這鯊魚扔下海裡。」

石砥中走到船舷，往海中一看，只見海中密密叢叢的眾頭踴躍，一個個鯊魚頭伸了起來，往上咧開了嘴，露出白森森的尖銳牙齒。

他心中一寒，想到剛才海上碰到的那群虎鯊，這時竟然然會追到了這裡，而且這麼兇狠地想要跳上船吃人。

千毒郎君嘿嘿冷笑，右手托著的虎鯊高高舉起，左手輕輕一揮，只見他自指甲縫中，一層淡淡的輕霧落入那虎鯊嘴裡。

他大喝一聲，將手中虎鯊一擲，扔入海中。

霎時之間，只見海中萬頭攢動，有如海水突然煮沸似的，那些虎鯊翻騰跳躍，立時將落下的鯊魚分屍吞噬。

石砥中眼睛還沒眨動幾下，已見到一隻隻鯊魚都翻轉肚皮，立時又被其他鯊魚吞噬。

還沒有一盞茶的時間，海面上白白的一層浮著，海水的碧綠顏色都看不見了。

石砥中毛骨悚然，幾乎不相信這成千上萬的鯊魚竟會在這麼短暫的時間裡死個乾淨，但這又都是他眼睛所親見，不由他不相信。

千毒郎君陰陰一笑，道：「天下巨毒盡萃於此，這無影之毒發於無形，而又無色無味，幾乎是透明的，現在你該相信了吧？」

石砥中點了點頭，道：「我會依照諾言，將還魂草給你取來，但你先要告訴我這種草的所產之處及形狀！」

千毒郎君道：「還魂草產於滅神島中央的鏡湖邊，色呈赤紅，多葉羽狀，葉梢有小刺，內蘊巨毒。」

他頓了頓道：「但是在還魂草中，結有碧綠的一顆果子的，最為有用，我要的就是結有果實的。」

石砥中點了點頭，道：「我一定會取來給你，但是……。」

他凜然道：「以後你若以這種巨毒傷害無辜，我將誓與你周旋到底。」

千毒郎君冷笑道：「那咱們走著瞧吧！韻珠，你就跟他走吧！」

他掉轉頭來，跨開大步朝前艙走去。

施雲珠拉著施韻珠的手，輕聲道：「姐，祝福你了。」

施韻珠默然地點了點頭，道：「你好好在島上，我會很快回來的。」

石砥中在一旁聽得清楚，他問道：「什麼？你要跟我一起去？」

施韻珠道：「我要代表七仙島參加五島劍會，當然要去。」

她自懷中掏出一個小瓶，道：「喏！這是給你裝還魂草用的。」

石砥中接過瓶子道：「現在就走？」

他抖了抖衣裳，道：「幸虧這麼快就乾了，否則……。」

施雲珠哼了聲，道：「我知道你本事大，在海裡沒有喪身，哼！有什麼了不起！」

施韻珠沒料到自己妹妹突然說出這話來，她愣了一下，卻見雲珠已經跑走了。

施雲珠一噘嘴，氣道：「什麼他呀他的，好不害臊。」

施韻珠叱道：「雲珠，你怎好這樣跟他講話？」

她接過一個大漢遞來的包袱和兩把長劍，交了一把給石砥中，道：「這你拿去吧！我預備了乾糧，等下了舢板再用吧。」

施韻珠嘆了口氣，道：「不要理她，她本性就是如此的。」

石砥中雙眉一皺，道：「脾氣好壞！」

這時天色已經漸亮，晨曦滿空，清涼的海風自空掠過。

石砥中站在船板上，回頭望著大船漸漸向北駛去，愈遠愈渺，終至不見。

他暗自為自己這晚所經歷的事，感到唏嘘起來。

石砥中輕嘆口氣，暗忖道：「江湖中恩恩怨怨，不能以常理衡斷，就像海上一樣，一陣狂風暴雨之後便是晴朗的好天，不知道何時又會有暴風雨來臨，嘿！誰與誰是生來有仇，誰又與誰生來有恩？恩仇難斷呀！」

陽光自海上露出，火紅的太陽升起，萬道霞光四射……。

× × ×

眼前群山高聳，綠林偏野。

陽光和煦的照耀著，鳥鳴之聲在晨風裡傳來，清亮悅耳。

海灘上一片平闊，怪石崢嶸，交錯雜亂地矗立著。

石砥中問道：「這就是滅神島？」

施韻珠點頭道：「這就是了，不過我們要到另一端去，那兒有島上的人接待。」

石砥中搖頭道：「我先不要跟他們見面，就在這兒上岸便行了，等我找到還魂草時，我會去與你會面，那時我將要看看海外各劍派之絕技了。」

施韻珠道：「那麼你要小心點，記住，若發現有什麼大鳥在天上飛時，千萬要躲開，免得把行蹤暴露了。」

石砥中想到父親被困在島中，恨恨地道：「我若見到島上之人，絕不讓他們活著跑掉。」

施韻珠見他目中射出駭人的神光，殺氣騰於臉上，不由駭得心跳一下。

她柔聲道：「總之你一切小心，這包袱裡是乾糧肉脯，都是我親手做的，你放心吃吧！」

石砥中接過包袱背在身上，問道：「這劍會要進行幾天？」

施韻珠道：「從今日起，一連三天，呃！我還沒問你陣法之學，你是否……？」

石砥中朗聲笑道：「七絕神君的陣法也都難不倒我，還有什麼古陣能使我被困？」

他於笑聲中飛身躍起，掠空躍出六丈之外，落在沙灘之上。

回過頭來，他朝施韻珠揮了揮手，便往那怪石矗立的亂石堆裡躍去。

一進石堆，他眼前一花，見到面前道路縱橫，有數十條之多，巨石堆積，一根根粗若三人合抱的大石柱自土中生出，豎立眼前。

他右手摸著石柱，用力一推，竟然沒移動分毫。

「嘿！」

他深吸口氣，雙掌內力一提，只聽「咯咯」兩聲，石柱動搖起來。

他放開手，忖道：「這座石林筍立，真是天然生成的，不懂得陣法變幻之人，若妄想以內力推倒，則非要活活累死不可！我用了七成功力才推動石柱，怪不得滅神島跟銅牆鐵壁一樣，無人敢來。」

他緩緩坐了下來，閉上眼睛，略一忖思，然後伸出手指，在沙地上畫了起來。

縱橫錯亂，線路雜亂的一幅地圖霎時畫了出來，他拍拍手站了起來。

「嘿！」他冷哼一聲，忖道：「這乃是『九九歸元』之陣雜以八卦生象，造成八十一明路，六十四條暗路，誘人墜入迷城之中。據我推測，可能路中還埋伏有陷阱或其他的機關，現在我得一一予以破去。」

想到這裡，他抓了抓頭，忖道：「這陣法係以天然石林配合人工埋置所造成的，我若以『般若真氣』予以強行摧毀，內力消耗太大，等會遇見人時，怎能予以重重一擊？」

他回轉身來，走到進入石林的一塊大石前，伸手在大石上削下一塊石片來。

但見他右指伸直，在石上刻畫起來。

他指行之處，石粉簌簌落下，霎時便將行走陣中的路徑刻好。

他滿意地望了望，吹了吹手指，返身又走入陣中。

左行右繞，回身又退，石砥中在陣中分歧的路上行走著，很快地便一連越過二十幾根石筍。

太陽升得老高，光輝自石縫間透過，射在地上，沙礫已經漸漸減少，地上露出了黃褐色的泥土。

石砥中望了望地上的泥土，忖道：「現在該離開沙灘了，差不多行了五分之一的路程了。」

就在他忖想之際，空中「呱呱」兩聲，兩隻大鷹飛掠而來。

他抬頭一看，見到兩隻老鷹身上都各載著一個大籃子和一個人。

他身形一閃，貼著石柱根部，向上望去。

那兩隻大鷹剎那間便飛近，鷹上的人一吹口哨，便將一籃東西擲了下來，然後便遠飛而去。

石砥中還沒搞清這是怎麼回事之際，在他伏身的大石後，一聲大喝，一個身高八尺開外，鐵塔似的大漢，搖搖晃晃地走了出來。

石砥中愕了一下，見到那大漢滿頭亂髮，鬍鬚滿面，一身襤褸不堪的衣裳，都補了又補，露出黑亮的肩部和手臂來。

那大漢俯身將籃子拾起，木然地掀起蓋子，自裡面掏出一大塊肉來，往嘴裡便塞。

石砥中想了一下，也不知道這大漢為何在陣中居住，但是他見那大漢步履沉穩，心知必有一身好功夫。

他知道除了闖過這大漢的這一關，其他便無路可通往島中，於是他站在路中，搖搖擺擺地往前走去。

那大漢倏地回轉身來，睜大兩隻血絲布滿的眼睛，朝石砥中瞪了一眼。

他虎吼一聲，雙掌一合，便朝石砥中撞來。

石砥中見那鐵塔似的大漢有似小山壓下，帶起一陣風聲，撲了過來，他叫道：「喂！你慢一點！我有話問你。」

那大漢理都沒理他，雙掌倏然一翻，十指箕張，帶著千鈞之力，劈將過來。

石砥中深吸一口氣，身形飄然而起，自對方頭上掠過。

那大漢雖然木頭似的樣子，但是一見石砥中自眼前躍起，他蹲身挫腰，大吼一聲，便又猛撲過來。

石砥中陡然又拔起三尺，落在那大漢身後。

他目光一掃，只見那塊大石被鑿了一個大洞，裡面鋪了些乾草，另外還有許多的白骨在裡面。

他駭然地收回目光，道：「那些人骨都是你吃的？」

那大漢一招落空，便很快地翻轉身來，他擦了一下嘴角的血跡，吼道：

「我要吃掉你！」

吼聲中，他又撲了上來。

石砥中心中大怒，知道這是滅神島主用來看守歸元陣的，心想道：「像這等兇狠殘暴、泯滅人性的怪物，不該留於人間。」

他在忖想之際，已提聚丹田真氣，身形一移，往前跨了兩步，急劈而出。

「砰——」的一聲，那大漢前衝之勢一頓，他微微一愣，立時又大吼一聲，兜掌劈下。

石砥中望了望自己深陷於地的腳印，雙眉一皺，深吸口氣，雙掌緩緩一推，「般若真氣」發出。

這大漢大吼一聲，雙掌急速劈出。

「噗！噗！」兩聲輕響，石砥中瀟灑地飛身躍起，朝左邊第三條路行去。

那大漢雙眼睜得老大，木然地注視著前方，待到石砥中已消失在石柱後，方始悶哼一聲，仰天倒下。

自他的七孔，鮮血湧出……。

× × ×

石砥中繞過三座石柱後，突地見到前面又是一個蓬頭亂髮的大漢，正坐著在吃東西。

他還沒走近，那大漢已狂吼一聲，倏然翻轉身來。

石砥中吁了口氣，忖道：「又是一個瘋子。」

那大漢齜牙咧嘴，露出血紅的牙齒，一雙布滿血絲的大眼緊盯著石砥中。

石砥中略一停步，忖道：「這石陣的路上有這些瘋漢擋著，還有誰能夠越過？爹不知道是否曾經通過這條路？」

他知道寒心秀士石鴻信武功雖高，但是絕不能夠衝過這兩個瘋漢，更何況前面一定還有高手把守。

他還沒往下想去，那大漢嘿嘿怪笑，身如車輪疾轉，挾著排山倒海之勁撲將上來。

石砥中一咬牙，提氣聚勁，雙掌一抖，身子急旋，全身衫袍立時隆起。

「砰！」的一響，那大漢身形一陣搖晃，一連退出三步之外。

石砥中清吟一聲，右掌輕推而出，一蓬氣勁瀰然發出。

「呃！」那大漢慘嗥一聲，龐大的身子被「般若真氣」擊得飛了起來。

「叭噠」一聲，重重地摔落地上，就此死去。

石砥中嘆了口氣，沒有回顧，便朝右首正確的路徑躍去。

第七章　天狗狂人

石砥中奔馳於石陣之中，他心中仍然耿耿於適才所遇見的兩個瘋人身上。

他不知道寒心秀士是否曾經通過這個石陣，也不知道自己的父親是否還活在這個島上。

高聳的石柱下，沒有太陽的照射，陰冷寒森，有種說不出的寒意湧上心頭。

他轉出兩座連綿的石陣，望見路中有座石樑橫架著。

石樑下一個蓬頭散髮的老者，佝僂著背在地上畫著圖，也不知道究竟在畫些什麼，竟然入了神。

石砥中走了過去，只見那老者在地上畫著一個個的人像，每一幅人像都是長髮披肩、長袍曳地的女人。

他目光所及，見到石樑之上、石柱壁上，也都刻滿了這美麗的女人圖像，巧笑倩兮，竟然栩栩如生。

他吃了一驚，叫道：「這所刻的人像不是那滅神島主嗎？」

就在他忖思之際，那老者怒吼一聲，道：「誰叫你來吵我畫圖！」隨之雙掌拍出。

石砥中吸胸縮腹，身形貼著石壁，移開八尺，避開那老者劈來的雙掌。

他說道：「老丈請住手！」

那老者兩眼射出瘋癲的目光，呆滯地望著石砥中，他張開嘴，口中涎水滴出，在喘著氣。

他急驟地喘了兩口氣，大吼道：「是你，是你搶走了她。」

他身形直飛而起，似是野獸一樣，露出白森森的牙齒，朝石砥中撲去。

石砥中愕然地望著這撲向自己的老者，在那蓬亂的頭髮下，那血紅的眼睛帶著狠毒的光芒，直射入他的心底。

他忖道：「看他剛才畫的少女圖樣，不像是發瘋之人，怎麼現在又跟瘋人一樣，彷彿我與他有深仇重恨似的。」

他忖思之際，身形貼著石壁，猱身直上。

一陣狂飆挾著沙石，打在石柱上，直嵌了進去。

石砥中暗自一驚，道：「老丈……！」

那老者沒等他說完，狂嗥一聲，有如狗吠，躍起三丈，十指伸張，朝貼在石柱上的石砥中抓去。

石砥中一聽那吠聲，渾身汗毛直豎，一個念頭如電光石火湧上心頭：「他是被瘋狗咬過，已經失去神智了。」

他清嘯一聲，飄空一匝，自對方雙掌下的空隙飛出。

「叭嗟！」一聲，那老者十指齊都沒入石柱之中，石粉簌簌落下。

石砥中身未落地，雙足在對面石樑上一蹬，身如急矢脫弦，朝那老者撲去。

他單掌一揚，一掌拍在那老者背心之上。

那老者慘嗥一聲，一股血水自嘴中噴出，濺在石壁之上。

石砥中落在地上，抬起頭來，只見那老者仍吊在石柱上，烏黑的血水流下，很快便乾了。

他默忖道：「並非我一定要殺人，只是他已中了毒，形如瘋狗，無可遏止。」

他到此方始想通，剛才所碰見的兩個人都是中了狂犬之瘋毒，方始喪失神智。

他知道這些人若非陷在石陣中不能出去，否則受害之人必非少數。

他腳下一緊，急躍而去，旋行於石柱間隙裡。

那些紛歧的路線綿延開去，錯岔雜亂，他認定石陣樞紐，毫不停頓，轉眼便又來到一座石屋前。

眼前一條路，路上一座巨石堆砌的屋子橫著，僅留著一條小道通過。

在屋頂之上，有兩個身著破爛衣裳、亂髮披肩的老人，他們正互相扭扯著，在石塊砌著的屋頂上打滾。

石砥中皺了下眉，輕輕地自房旁的小道行過，他實在不願再殺人了。

誰知他剛走近石屋，便聽數聲犬吠，眼前一花，兩條肥壯高大的獒犬就已撲了上來。

石砥中低哼一聲，左掌一振，有如閃電揮出。

「叭！叭！」兩聲，擊在犬首之上。

頓時，那兩條狗的頭顱碎裂成片，鮮血灑出，倒地死去。

他側首一看，只見屋頂上的兩個老人忽地立了起來，朝自己望來。

他立時又見那兩雙火紅帶著血絲的眼睛，正凝望著他，射出狠毒的光芒。

一聲狂吼，那兩個老人急躍而下，四肢箕張，似同百足之蛛，舒捲而至。

石砥中右掌畫一半弧，轉身盤腰，一式「將軍揮戈」，左掌斜劈而出，右掌帶著急速的勁風，拍將出去。

那兩個老人似是知道他的厲害，身形一蹲，互拍一掌，自空中脫了開去，斜落於地。

石砥中收掌護胸，沉聲道：「兩位老人神智是否清醒？」

那左首一個老人急喘著氣，伸出血紅的舌頭，舐了下嘴唇，喃喃道：「我要殺你，我要殺你……。」

石砥中冷笑一聲，道：「你我素不相識，竟要殺我？」

那右首的老人點點頭，又望了左首老人一眼，伸出手來指了指石砥中，道：「你……你要殺他。」

石砥中聽這老人說話似乎並不瘋，他欣然道：「老丈，你沒有……？」

那右首老人倏地瞪大雙眼，大吼道：「我要吃你！」

石砥中愣道：「你要吃我？」

那左首老者喃喃道：「我要殺你！」

那右首老人飛撲而來，吼道：「我要吃你！」

石砥中右掌拍出一股掌風，擋住那老者前衝之式，他喝道：「你到底是真瘋還是假瘋？」

那左首老人一抖雙掌，似狂風掠過，急撲而到。

石砥中目光所及，那老人口中流著白涎，血絲布滿的雙眼露出兇光，似煞神撲到。

他深吸口氣，右掌緩緩地一推，「般若真氣」湧出，千鈞之勁急捲而去。

那左首老人悶哼一聲，倒翻空中，跌出二丈之外。

石砥中冷哼一聲，左掌一式「將軍射雁」，五指揮出，急驟地拍在那右首老人的背上。

他手腕一旋，已將那老人脈門扣住。

望著倒在地上的老人，他喝問道：「你到底是不是瘋了？」

那被他真氣擊得跌倒在地上的老人，突地狂吠一聲，自地上竄起，如同急矢射出，挾著排山倒海的勁道擊來。

石砥中微吃一驚，還未及避開，突地左臂一痛，那個被他擒住的老者，已張開嘴咬住他的手臂。

他一驚之下，又是一怒，渾身氣勁運行，左臂一扭一振，將那老人拋在空中。

他右臂急旋，一道劍光劈過，「嗤嗤！」劍氣響起，劍刃振顫的滑過，切開那擊到的氣勁。

「啊——」

那瘋狂的老者，蓬亂的頭髮被劍氣剃得乾淨。

在他那黝黑的額頭，劍光擊中他雙眉之間的「眉衝穴」。

血液湧出，他顫抖了一下，便仆倒地上。

石砥中急跨兩步，劍尖斜擊，劍芒爍爍，自空中一閃掠過。

「呃——」

那自空墜落的瘋狂老人，半邊頭顱被劍刃劈去，灑落一地的鮮血。

石砥中一看，地上盡是烏黑的血液，他知道這兩個老人都是被狂犬毒液所害。

想到這裡，他不由舉起左臂，看了一眼那被瘋狂老人所咬的痕跡。

「哈哈哈！」一連串狂妄的笑聲，自屋上傳來。

石砥中冷冷地道：「閣下有何事如此高興？」

在石屋旁的那條小道上，一個瘦削枯矮的中年漢子，朝著石砥中狂笑道：「我笑你即將瘋了！」

石砥中微哂道：「今日所遇之人俱是瘋子，我焉得不瘋，你豈不也是瘋子一個？」

那中年漢子止住笑聲，冷哼一下道：「我天狗狂人本是瘋子一個，又何必要你來說？」

他臉色一轉陰寒，道：「你已經中了瘋犬之毒，半個時辰內，毒浸骨髓直上腦中，那時你就像他們一樣成為瘋子。」

石砥中忖道：「原來他就是那個飼養瘋犬之人。」

霎時，他臉上浮起一層殺氣，濃眉如劍斜軒……。

那自稱天狗狂人的中年漢子，仍自陰陰道：「在十年之中，僅有一人闖過四關，安然出入於這石陣中，不致迷途，我也很是欽佩。」

石砥中心中一動，問道：「那個進入石陣之人，可是千毒郎君？」

天狗狂人狂笑道：「他自稱毒藝蓋世，結果被困陣中，差點便屍骨無存，害我的十八條狂犬都中毒而死，這該死的老鬼！」

石砥中冷冷道：「既然不是他，還有誰能出入這陣中？」

天狗狂人雙睛一瞪：「你問這個幹嘛？」

石砥中哼了一聲，道：「你是怕我丟你的臉？」

天狗狂人怒吼道：「你敢諷刺我？你殺了我兩年來辛苦繁殖的獒犬，我還沒跟你算帳。」

石砥中聽見這人狂吼之聲如同狼犬吠月，刺耳難聽，不由皺了一下眉頭，道：「你若是認為不敢告訴我的話，儘管說出來，若是要以武力相對的話……。」

天狗狂人怪笑一聲，道：「真大的膽子，在我的掌握中也敢如此說話，現在你可見見我的厲害。」

他仰面向天，輕吟怪嘯，像狗吠一樣的叫了幾聲。

倏地灰沙滾滾，一陣犬吠之聲自四面八方傳了過來。

石砥中一見每條出路上，都出現了幾條雄壯的大狗，有灰色、黃色、赭色、黑色，各種形狀顏色的狗。

那些狗都是伸長了舌頭，長尾垂地，口流白涎，眼珠一片血絲。

石砥中一見，不由心中暗自吃驚，忖道：「這些都是狂犬，怎麼仍能聽命，又怎能飼養？」

天狗狂人笑道：「你幾時曾經見過這麼多的狗？如此雄壯的狗？嘿嘿！讓你在發狂之前，能見見我驅犬之絕技。」

石砥中劍眉一揚，冷峭道：「這等驅使畜牲的本領又有何了不起？只有像你這種人認為是了不起的成就。」

天狗狂人暴跳如雷，大吼一聲飛撲而下。

「且慢！我有話問你。」

天狗狂人瞪大了他血紅的眼睛，問道：「你有何事？」

石砥中道：「你先告訴我那個曾經安然出入這陣中的人是誰。」

天狗狂人咧開血盆大口，道：「七年前逢春之際，武林中絕頂高手幽靈大帝西門熊曾闖入這陣中。」

石砥中一聽，不由失望地忖道：「原來不是爹安然出入陣中。」

他揚聲道：「在今年是否有人進入陣中？」

天狗狂人呵呵怪笑道：「有一個石鴻信……。」

石砥中啊地一聲，焦急地問道：「他現在怎樣了？」

天狗狂人得意地狂笑道：「他狡猾無比，偷闖這『天狗石陣』，讓他深入陣中，差點將石陣摧毀，嘿嘿！不過他仍然被我擒住，現在關在鏡湖之上，日日受那蟲蟻蛇犬之毒。」

石砥中直聽得熱血沸騰，全身都微微發抖。

他大喝道：「他現在怎麼啦？死了沒有？」

天狗狂人微微一怔，道：「死了？嘿嘿！他所受之苦較死尤為難受，眼見解毒之藥就在眼前，卻不能拿到。」

石砥中壓住滿腔上湧的熱血，道：「你是說那湖中所產的『還魂草』？」

天狗狂人大吃一驚道：「你怎麼知道？」

石砥中仰天狂笑道：「這一切都是天數啊！」

他目中精光暴射道：「今日我要你這島上變成屍骸遍地，血流成河，從此在江湖上除名。」

天狗狂人被石砥中那豪邁兇狠、殺意濃重的樣子嚇得一晃，講不出話來。

「你以為這等狂犬之毒便能使我陷於瘋狂？哼！告訴你，我就是百毒不侵！」

他緩緩舉起長劍，橫胸而置，凝立如山。

天狗狂人喃喃道：「百毒不侵，百毒不侵……。」

他狂笑道：「有誰能百毒不侵？呵！你這無名小卒，也敢口發狂言！」

石砥中嘴角掠過一絲殘忍的神色，舉劍齊眉，劍尖向前。

此刻，他全部精神都已凝聚在劍刃之上，但見劍芒吐出三寸，伸縮不定。

天狗狂人臉色一變，道：「你是誰？莫非是天龍大帝之徒……？」

石砥中默然不響，兩眼如同星光炯炯射出，全身發出一股肅殺悲壯的氣氛，生似這一劍擊出，便是生死立分一樣。

他這種豪壯的氣魄，逼得天狗狂人臉上湧起一層畏懼之色。

他臉皮抽搐著，嘴唇嚅動一下，喝道：「你到底是誰？」

石砥中緩緩向前行了兩步，依然默默無語。

天狗狂人慌亂地望了四周的瘋犬一眼，然後發出一聲淒涼的怪叫，就像曠野中，野犬對著月亮長吠的聲音，刺耳無比。

他嘯聲剛一發出，石砥中深吸一口氣，清吟一聲，劍芒爍爍發光，繞身而過。

那些瘋犬一齊狂吠，似箭脫弦，朝石砥中撲了過來。

石砥中身形平飛而起，一道劍虹繚繞騰飛，宏闊達一丈之大。

霎時只見劍芒所過，犬聲慘嗥，鮮血飛濺開去。

石砥中大喝一聲，身子回空旋開，崑崙「雲龍八式」中「雲龍現」之式復見。

他挾劍飛擊而去，劍芒閃爍裡，天狗狂人雙掌舉起，揮出一股狂飆。

「嗡嗡！」劍刃顫動，切開那股氣勁，疾射而去。

天狗狂人大驚失色，回身躍起二丈，朝石屋後逃去，因為他見到那些狂犬齊被劍芒殺死，便知道自己不是對手。

石砥中劍式運行毫不停滯，劃開空氣，發出嗤嗤之聲，有如影子附身，向天狗狂人射去。

寒芒侵背，天狗狂人猛然回身，狂吼一聲，雙拳直搗，拳勁迴旋，腥氣倏然散開。

石砥中眼光所及，只見天狗狂人手腕上掛著一個暗黑色的袋子，隨著雙拳的擊出，袋中灰色的粉末飛揚開來。

他頭一昏，立即便閉住呼吸，運氣一周，他大喝一聲，劍上湧起一輪光暈，疾射而去。

劍罡乍現即隱，璀璨的光華一閃之際，天狗狂人發出一聲有如裂帛的慘叫。

「啊——」

他被劍罡擊中，直飛起丈餘，渾身血水灑出，「叭嗒！」一聲，落在地上。

石砥中躍上石屋，運氣逼出吸入的一絲毒氣。

他緩緩舉起手中長劍，目光掠過劍上的血痕，自言自語道：「像這種瘋狂之人，不能讓他留於世間。」

立即他記起天狗狂人所說的，自己父親寒心秀士石鴻信被困於鏡湖上，身受蟻蟲之毒……。

他心中怒火如焚，飛身躍起，似奔雷馳電，朝陣裡深入。

越開數株高聳的石柱，他行走於迴旋之路徑上，約一炷香的光景，他的眼前橫置著一根石筍，擋住去路。

他向左右一看，只見各有七，八條寬敞的道路伸延開去，但他卻沒有向有路之處行去。

望著眼前石筍，他忖道：「據陣式所布，這兒該是陣式最中央處，怎地路途竟然不通呢？」

他深吸口氣，右掌一拍，千鈞掌勁擊在石筍之上。

碎石迸濺，石筍格格兩聲，搖晃了一下。

石砥中冷哼一聲道：「原來這是人工栽進去的！」

他悶哼一聲，低沉如雷，一掌拍出——

「喀嚓」一響，高約丈餘的石筍齊椿而斷。

灰沙飛濺裡，碎石迸散，石砥中闊步跨將過去。

第八章　天山神鷹

眼前巨石林立，高瘦的椰樹在四周叢生著，一條溪水正自緩緩流過。

他目光所及，見到椰樹之下有一幢茅屋，茅屋四周巨石高聳，每一根石筍上都立著一隻老鷹。

一眼望去，密密的蒼鷹，有幾十隻之多，都正在剔著長長的翼上羽毛，石塊之中，尚還殘留著許多肉塊、碎骨，看來是剛用完早餐。

石砥中微微一驚，忖道：「這些蒼鷹都是滅神島主所飼養的，她怎麼也會驅鷹之法……？」

就在他站立不動之際，「呱呱！」數聲，鷹群振翅飛起，朝石砥中撲來。

他忖道：「這麼多鷹，我一人怎能應付得了……！」

大風揚起，鷹翅挾著風勁，掃了下來。

他不及再加思慮，劍刃掠起，似電光劃過空隙，正好切過那隻首先掠下的蒼鷹翅膀上。

鮮血灑落，那隻老鷹悲鳴一聲，一隻右翼被削斷，斜飛而出，跌落小溪之中。

眼前烏黑的長翼閃動，頭上風聲颯颯。

石砥中大喝一聲，劍刃布起一層光圈，護住身外。

那些老鷹見到劍芒閃爍，寒氣森森，齊都高飛而起，盤旋於空中。

石砥中吁了口氣，腳下移動，朝茅屋躍去。

誰知他腳步方一移動，一隻灰白的巨鷹突自茅屋裡衝出，長鳴一聲，自空急瀉而下。

石砥中只覺鋼喙似劍，犀利無比地射到。

他輕哼一聲，劍旋半弧，斜劃那灰鷹腹部。

他劍式飛快，豈知那隻灰鷹竟似通靈一樣，雙翅一展，龐大的軀體已騰空而起，雙翅迅捷地掠下，向他頭上抓到。

石砥中心裡一驚，忖道：「這灰鷹下擊之式，真似天山『天禽劍法』中『鷹攬蒼宇』之式。」

這念頭有似電光掠過腦際，他頭一沉，長劍陡然上刺，一式「鴻飛冥冥」

揮出。

他現在的功力非同小可，這一式天山鎮山劍法，使出來較之任何天山高手都要犀利。

劍刃咻咻劃過，幾片羽毛落了下來。

那隻灰鷹一斂雙翼，長鳴一聲，俯衝而下。

就在此時，群鷹翔空雲集，也都急衝而下，向各個不同之方位落下，尖喙似劍射到。

石砥中悚然大驚，生似陷身於數十名劍手的劍陣之中，較之遇見四大神通的劍陣尤有過甚。

未能容他細細端詳思量，他運劍一立，渾身真氣自每個毛孔逼出。

剎那之間，全身的衫袍高高鼓起，堅如鐵石。

一劍引出「將軍盤嶽」、「將軍彎弓」、「將軍揮戈」，漫長的劍氣瀰然發出，劍虹驀然暴漲。

「呱呱！」怪叫，殘羽飛散。

剎那之間，鷹群飛散，落得一地的鷹屍。

石砥中滿面紅暈，身上的衣服濺得數點鮮血。

他抬頭望著飛去的鷹群，吁出一口大氣，收回護身的氣功。

這三個劍式施出，使得他真力消耗不少，低頭看到地上的鷹屍，他忽想到自己在天山時，天山老人對他所說的話來。

他忖道：「這些老鷹莫非是師祖天山神鷹所養的……？」

他這念頭還未想完，突地茅屋的柴扉一響，裡面走出一個枯瘦高大、滿頭白髮、白鬍垂胸的老者來。

他手拄一根枴杖，佝僂著腰，跌跌撞撞地走到門口，嚷道：「誰敢殺我的鷹兒？誰敢殺我的鷹兒？」

他急促地喘了兩口氣，看到了石砥中，叫道：「原來是你這乳臭未乾的小子！」

他一提枴杖，狠狠地朝地上一頓，怒嚷道：「你看我快死了，來殺我的鷹兒，那死賤人倒又找了個好面首。」

他連咳兩聲，吐出一口痰來。

倏地只見他撮唇怪嘯，那些翔空的老鷹齊都落在茅屋之上。

這老人右手持的枴杖上，停著剛才那灰翼勇猛的大鷹。

他伸出左手，輕輕撫摸了一下灰鷹的羽毛，自袖中掏出一支短笛來。

但見他橫笛於唇，一縷清音嫋嫋飛出。

石砥中劍眉微皺，緩緩地向茅屋行去。

他走到那小溪旁一塊平坦的大石上站定身子，揚聲道：「老前輩，在下來自中原，是要……。」

笛聲一轉，急促的音韻，泛起無數的殺伐之聲。

群鷹怒鳴，一齊飛起……。

× × ×

「呱呱！」之聲掩住了他說話之聲，那些蒼鷹三三兩兩地成群滑翔於空中，朝著石砥中怒鳴。

笛聲急轉直上，顫音幾縷，穿過鷹鳴之聲傳來。

空中鷹群倏地往四外一散，迴旋飛舞，交錯不停，風聲颯颯裡，逼近了石砥中。

石砥中只覺眼花繚亂，看到那些蒼鷹三兩成群，彷彿是要擾人眼目，以便乘隙攻下。

他右劍平胸，左掌貼住小腹，凝神靜氣，如同面對絕頂高手。

因為他知道現在鷹群有人指揮，若是自己稍有不慎，便將被鷹爪撕裂。

突地，那隻灰鷹長鳴一聲。

風聲颼颼，巨翼掠空，自側面有幾隻蒼鷹平翼掃下。

石砥中身形未動，一劍斜分，急撩而去。

就在他出劍之時，眼前尖喙急衝，朝他面門啄到，迅捷無比。

他上身一仰，劍尖一抖，顫出一縷悽迷的劍影。

風聲急嘯，身後巨爪似鋼，擊將下來。

這似是連環的三式，以不同的方位，不同的方法，擊出這密若鐵桶的混合一擊。

石砥中只覺身外狂風飛飈，幾欲將他颳得乘風飛去。

那銳利的鋼爪，已將碰及他的後領……。

陡然之間，他大喝一聲，身形斜穿而出，左掌倏然翻出，一股剛勁的掌風劈將出去。

他劍式運行，走的乃是崑崙路子，迎著那急速衝到的蒼鷹連揮六劍。

劍芒霍霍，羽毛飄飄，狂風迴旋，擊得小溪中的水珠都迸濺而起，濺得石砥中一頭一臉都是。

那些蒼鷹一擊不中，立即便振翅直上，是以輪迴不停，分別以尖喙、鋼爪、巨翼，衝擊而下。

石砥中必須承受那衝擊而下的千鈞風力，又須防備自不同方位攻來的蒼鷹，直把他累得頭上冒出汗珠。

他若非仗著崑崙輕功神妙，能夠飛快地移動身形，早就被這種圍困合擊的鷹陣所傷。

他咬了咬嘴唇，忖道：「我倒想問問這白髮白鬚的老人，是否乃是失蹤數十年的祖師天山神鷹，但是這連綿不斷的攻擊，叫我怎能夠住手？若是施出劍罡與『般若真氣』的話，又恐怕他真的是師祖。」

他大喝一聲。長劍劃開一個大弧，喊道：「老丈，你先叫這些蒼鷹停一下，我要問你兩句話……。」

那老人仍然橫笛於唇，吹著短笛，並沒有回答他什麼。

石砥中怒喝道：「你再不停，我要這些老鷹死得乾淨。」

那老人彷彿石頭雕成的一樣，沒有動一下。

石砥中咬一咬牙，正要施出劍罡之際，突地身後風聲一響，急射而來。

他身形一轉，未能聚勁凝氣，發出劍罡，手腕一麻，已被那急掠而至的灰鷹將手腕抓傷。

他悶哼一聲，一個肘槌擊出，擊中那灰鷹腹部。

那灰鷹低鳴一聲，一沉之際，立即升將起來，雙爪之間，已將石砥中的長劍抓住，飛向空中。

石砥中右臂衣衫撕破，血跡立即滲到衫上。

他深吸口氣，雙足如同釘在石上，左掌一翻，瀟灑地拍出一掌。

「般若真氣」瀰然發出，宏闊的氣勁嗤嗤直響。

「呱呱！」怪鳴，四隻飛在他頭上丈許之處的蒼鷹，齊都遭到這沉重的一擊。

羽毛飛得半空都是，那四隻蒼鷹斂翼墜下。

石砥中急喘口氣，目光掠過溪中血紅的流水，那是鷹屍落在水中所致。

那老人渾身顫抖，目中泛出淚水，蒼白而枯瘦的臉上現出紅潤之色。

他向前急跨兩步，笛聲一轉為悲慘之音，細若游絲地顫行於空氣中。

那些蒼鷹也都和聲悲鳴，迴旋空中。

石砥中惻然地道：「老前輩……！」

他話未說完，那老人雙眉倒軒，笛聲急轉剛強宏亮，殺意蘊於音韻之中。

石砥中見到頭上鷹群急旋而下，看來又要展開一次攻擊，他右手伸進懷裡，掏出那支金光燦燦的短戈出來。

他知道自己若以肉掌相對，絕無法應付這再一次的攻擊，因為他不能盡以威力無儔的「般若真氣」應敵，那會使他真力消耗殆盡……。

群鷹一旋，飛落而下，又將猛攻衝擊。

突地，那老人大喝一聲道：「回來！回來……！」

他向前走出數步，顫聲道：「你是什麼人？你怎會有這支金戈！」

石砥中一愕道：「在下石砥中，乃是崑崙弟子。」

那老人愕然道：「崑崙弟子？」

他咳了兩聲，怒道：「崑崙弟子怎會有金戈？」

石砥中目放精光，大聲道：「在下乃石鴻信之子，也是天山掌門之人。」

那老人渾身一顫，道：「天山掌門？你是天山掌門？」

他陡然臉上泛起一絲黯然之色，喃喃道：「我也是天山掌門，天山掌門，那石鴻信不是我的徒兒嗎？」

石砥中欣然道：「前輩就是天山神鷹了？」

那老人喃喃念了一下，一挺腰肢，沉聲道：「天山神鷹就是我！」

他話剛說完，便臉色一變，吐出一口鮮血。

石砥中趕忙躍身過去，道：「師祖，您……？」

「不要慌，不要慌！」

他輕輕摸挲著金戈，喃喃道：「蒼天有眼，讓我死前還能看到金戈，天山有幸，能出了你這麼個好弟子。」

石砥中只見這蒼老的天山神鷹，臉上皺紋深刻，雪白的鬍鬚上沾著血跡，佝僂著的腰背，令人有一種深沉的感觸。

他暗嘆口氣道：「師祖，你怎麼了？」

天山神鷹搖搖頭道：「我本當早就死了，一直在苟延殘喘，為的就是這些鷹兒，還有我天山之事，現在……。」

他慘笑道：「我就算立即死去，也會瞑目的。」

石砥中皺眉道：「師祖您別這麼說，今日我石砥中既然來了滅神島，非要救您出去不可！」

天山神鷹悽然苦笑道：「進屋裡去，我要問問你天山近況。」

石砥中伸手要扶他，天山老人雙眼一瞪道：「我不要人扶，我還沒死！」

他拄著枴杖，走進茅屋。

石砥中跟隨而去。

他一進屋裡，只見一個土炕，炕旁一個火爐，裡面烤著一條鹿腿，在炕上還有一個大缽子，裡面裝著冷水。

他的目光一掠而過，便轉到炕邊的土牆之上。

牆上的斑斑血跡，都成了褐黑之色，室內陰暗，更使人有種淒涼之感。

天山神鷹在炕邊坐下，苦笑道：「十八年來，這兒都沒人來過，你就坐在炕上吧！」

石砥中拱手道：「謝師祖賜座。」

天山神鷹揮了揮手，嘆了口氣道：「三十年這非人的生活，使我已變成活死人一樣，我簡直不能記起天山，不能記起中原。」

他那低沉沙啞的聲音，在屋內迴盪著，深沉而寥落的氣氛，霎時籠罩著整個茅屋中。

石砥中默然凝望著天山神鷹，他幾乎不能說出有關自己與天山所遭遇的事。

這種淒涼的情景，使他憶起遇見天山老人時的情形來，那也是一樣的蒼老而孤獨的老人。

天山神鷹重重長嘆了口氣，垂下蒼蒼白髮的頭顱，輕聲道：「一失足成千古恨，再回頭已百年身……。」

石砥中道：「師祖您不要傷感，今日能遇見您，確實是不易之事。」

天山神鷹抬起頭來，睜開滿含淚水的眼睛，問道：「呃！我還沒問明白你怎會到這島上來？」

他似是忽然想到什麼，愕然道：「你是說，你已成了天山掌門？難道我那徒兒已經……？」

石砥中黯然道：「師伯已經駕鶴歸西了，徒孫此來，一方面是受他老人家所託付，二方面是家父也困於島中。」

天山神鷹渾身一震，驚道：「你是說他已經死了？我那二徒兒也被困島中？」

他話剛說完，便吐出一口鮮血，灑濺在地上。

石砥中雙眉軒起道：「師祖，你老人家是否身受重傷？可要徒孫……？」

天山神鷹擺了擺手，道：「你不要急，我這是色癆之疾，加上被那賤人將筋骨挫傷，以致每天都要昏迷一個時辰。」

他急喘兩口氣，繼續道：「剛才我以為你是那賤人派來的，殺了我那麼多鷹兒，所以我拚了老命吹笛。」

石砥中歉疚地道：「師祖，我不知是您老人家飼養的。」

天山神鷹嘆道：「唉！這又怎能怪得了你，我那些鷹兒都是辛苦飼養，深通人性，三十年來的枯寂日子都是靠牠們。」

他擦了擦掛在臉上的淚，道：「若非牠們，我早就死了。」

石砥中頓足道：「徒孫該死！」

天山神鷹漠然道：「這也好，反正我也活不過幾天了。」

他閉上眼睛道：「徒孫，你已經探知你父親的下落？」

石砥中點頭道：「徒孫已知他老人家是被困於鏡湖之上。」

他悲憤地道：「他老人家日夜都要受那蟲蟻之毒，眼望解毒之草，而不能取到。」

天山神鷹目中流出淚水，顫聲道：「我可憐的徒兒！」

石砥中倏地又想到一事，他問道：「師祖，您的病是否有藥可……？」

天山神鷹搖搖頭，悽然道：「就是天仙下凡，也難救我了，我這已非藥石能以奏效。」

他睜開通紅的眼睛道：「徒孫，你的武功是誰教的？據我看來，天下具有此武功者寥寥可數。」

室外鷹鳴悲苦，他黯然長嘆了口氣，道：「這些鷹兒跟隨了我幾十年，我眼見牠們長大，眼見牠們死去，又眼見雛鷹成長，現在又看見牠們死去。」

他聲音很快地轉為硬朗，道：「那賤人三番兩次的要來逼我，幸得鷹兒將她擊退，而你卻能獨力破去我的鷹陣，這種功力，也堪使我欣慰。」

石砥中方要說話，天山神鷹止住他，道：「現在先聽我說，因為我說話的機會太少了。」

他忽地臉上神色一變，肌肉一陣抽搐，全身一陣顫抖，躺上炕去，朝著牆壁便是一口血痰吐出，然後昏迷不醒。

石砥中驚得跳了起來，他一把抓住天山神鷹脈門，只覺脈膊跳動快速無比，然而卻又微弱幾不覺跳動。

他對於醫藥問脈之學一竅不通，直急得抓頭摸腦，不知如何是好。

他曾想到以內力替天山神鷹療傷，但卻恐因內力之加入，而促使這衰老的老人更快速死亡。

他摸了摸包囊，卻沒有找到一點可以幫助之物，也沒有什麼丸藥。

慌亂之中，他不由想起東方萍來。

他暗忖道：「現在若是萍萍在此，她有什麼金梧丸、銀梧丸可用，只是我對這個一點辦法都沒。」

正在他束手無策之際，天山神鷹咳了兩聲，急驟地喘著氣。

石砥中焦急心神稍為安定，他輕呼道：「師祖……！」

天山神鷹枯瘦的手緩緩伸出，抓住石砥中，睜開眼睛道：「徒孫，記住，一定要殺死那賤人，她……。」

他那微弱的聲音陡然又轉為硬朗，喘著氣道：「她會迷陽之法，你要小心點，千萬不要看她的眼睛，要下狠心殺了她。」

他說到最後，咬牙切齒，右手抓住石砥中，握得緊緊的。

那枯瘦的手上，一條條青筋露現，皺紋重疊。

石砥中只覺心中泛起一股難受，直想哭出來。

他咽聲道：「我一定會殺了她……。」

天山神鷹露出一絲淺笑，沉聲道：「我一生只做錯一件事，是以用三十餘年的歲月來懺悔，所以，你要小心為人，切莫蹈我覆轍。」

他深深嘆了一口氣，道：「本門的許多武功手笈都已被那賤人拿去，我看你武功博雜深奧，也用不到了，至於那些鷹兒……。」

他自言自語道：「牠們本該遨遊天空，憑風飛翔的，我又何必再困住牠們呢？讓牠們去吧。」

石砥中心裡沉重無比，默然地望著這衰老瘦弱的老人。

他不敢說話，以免打斷這老人的冥想。

天山神鷹嘆了口氣，道：「你將我那支短笛拿來。」

石砥中愕然道：「你不是放在袖中嗎？」

天山神鷹移動著顫抖的手，自袖中掏出短笛，擺在唇上吹了起來。

幽清悽楚的一絲微音顫出，似是細流如淚嗚咽而過，含著悲悼的音韻迴繞著陰暗的茅屋，不停地迴盪、迴盪……。

石砥中聽到笛聲裡似是含有生死訣別、悲泣互訴的意思，他僅傾聽了一下，便沉浸於低幽的音韻之中，整個心靈都繞著笛音迴旋。

淚水兩行，自他眼眶流下，緩緩落在臉上，又滑落襟上。

良久，笛聲一斷，天山神鷹那微弱的沙啞聲音又響起。

他輕聲道：「孩子，你又哭什麼？快去，替我出屋外去看看，那些鷹兒是不是都走了？」

石砥中擦了擦眼淚，依言走出屋外。

只見茅屋頂上棲息著那隻灰鷹，其他的蒼鷹都盤旋於屋頂的空中，迴旋飛舞，似是不忍離去。

他說道：「師祖，還沒有走！」

笛聲響起，一連幾個連音，高聳入雲，尖銳刺耳。

空中鷹群「呱呱！」叫了幾聲，又在低空迴旋了兩匝，方始振翅遠飛而去。

石砥中只覺心中波潮洶湧，遏止不住激動的情緒。

他忖道：「像這等扁毛畜牲也有感情，不忍離開主人而去，非要示以決裂之情，方始依依不捨而去。」

他垂下頭來，緩緩地行進屋裡。

天山神鷹老淚縱橫，將短笛遞給石砥中道：「你將這個拿去吧，我也沒有其他東西可送給你。」

他摩挲著短笛光滑的笛身，啞聲道：「這短笛隨我四十餘年，你撫笛當念及我一生如此的下場。」

他兩眼睜得老大道：「見到你爹時，就說我對不起他。」

石砥中還沒答話，身後風聲一響，他急忙回過頭去，只見那隻灰色的大鷹低掠進來。

天山神鷹苦笑道：「大灰，大灰，你又何必如此，走吧！」

那隻大鷹低鳴一聲，搖了搖翅膀。

天山神鷹臉上泛紅，顫聲道：「徒孫，我……我死了，不要……。」

他艱難地道：「不要移動我……就讓我躺在這裡……。」

他急促地喘了兩口氣，話聲低弱。終至不可聞，眼角還掛著兩串淚珠，便瞑目死去。

石砥中只覺心痛如絞，不禁放聲痛哭起來。

那隻灰鷹悲鳴三聲，掠出屋外。

石砥中默然哀悼了一下，只聽茅屋外，鷹鳴怨苦，繞屋不歇。

他手拿短笛，也躍出屋外，只見那隻灰鷹繞空打轉，悲鳴不已。

他嘆道：「鷹呀！鷹呀！你是痛哭主人的死嗎？不要再如比了，你去吧！」

那隻灰鷹長鳴一聲，直衝雲霄，陡然直瀉而下。

石砥中愕然不知這鷹為何如此，卻已見那隻大鷹如同隕石墜地，撞死在茅屋前的一塊大石上。

鮮血濺起，羽毛散落。

石砥中親眼目睹這灰鷹壯烈自殺殉主的一幕情景，似有巨錘重擊心頭，久久未能使心境平復下來。

他木然地站在茅屋之前，陽光投在他修長的身軀上，把影子拖在地上，愈拖愈短……。

日正當中，他也沒有移動身子，不知不覺中，他的淚水已沾滿了衣襟，臉上的淚被微風吹乾了，又是兩行淚掛了下來。

久久，他嘆了口氣，走上前去，捧起那鷹屍，走進茅屋裡。

他將室內爐火滅了，把鷹屍放在炕邊，默默哀悼道：「師祖，安息吧！我一定要替你報仇。」

他望了室內最後一眼，走出屋外，立在茅屋前大石之上。

他聚氣凝神，雙掌一合，倏然臉現紅暈，緩緩地一揮而出。

「轟隆！」一聲巨響，宏闊沉重的佛門般若真氣擊在茅屋上，立刻便塌了下來。

灰沙泥塊濺起老高，又落了下去，霎時成了一座大墳。

石砥中俯下身來，只見大鷹撞上的那塊巨石，上面碧血點點，鮮豔奪目。

他伸右手食指，聚勁於指尖之上，刻了幾個字：

「神鷹及其故主之墓。」

他輕輕拍了拍手，將巨石拂了下，舉手一揮，深埋土裡的石塊齊著泥面而斷，飛落大石之上。

石砥中立起身來，仰望悠悠蒼天。

只見雲片飄盪碧藍的穹蒼，太陽已將行至中央。

他輕嘆口氣，走到溪水邊將長劍拾起，朝島中而去。

第九章　寒心秀士

一路上叢草蔓蔓，椰樹高聳，石砥中心中只覺鬱悶難禁，幾欲揮劍，將那些椰樹都斬得乾淨。

思緒紛亂中，他突地想到了金戈之事，暗忖道：「剛才師祖不讓我說話，竟然忘了問他關於大漠鵬城中之事，不知他是否已經找到解破金戈上文字之法？」

就在忖思之際，眼前突地出現了一座高峰。

蒼翠的山巒，浮現在白雲之中，看不見峰頂。

他精神一振，知道這峰巒之中，必是那千毒郎君所言之鏡湖了。

馬上便可看見自己的父親，他心神有點緊張，腳下一加勁，有如行雲流水，飛快地走入山地。

眼前兩座屏風似的石壁，中間一條羊腸小道，迴旋著深入山裡。他毫不猶疑地踏上那條道路，循著小徑，步履如飛的躍去。路上峻險難行，愈行愈狹，時而斷崖一片，時而石梯千級，一直往山谷裡深入。

山中漸漸陰寒，仰望白雲繚繞，山腰之上一片茫茫，山腰之下苔鮮滑溜，真個險絕無比。

石砥中側首一看，只見一塊石樑豎在道旁，上面刻著兩個斗大的字：「鏡湖」，旁邊還有一行小字，都是用朱紅色的顏料塗上的，非常醒目。

他吟道：「來人止步，行前一步即是死亡之途。」

他冷哼一聲，大步跨前，朝斜坡下躍去。

陡直的山道，迴行若羊腸，他越過兩座峭直的石壁，來到一個深谷之前。谷深莫測，一眼望下去，只見雲霧繚繞，看不見底。

在谷上橫著一條寬僅尺餘的石樑，自這邊直達對面山崖，架在這寬逾十丈的深谷上，顯得驚險萬狀，好像山風一吹便會墜下。

石砥中走近谷邊，略為打量了一下四周地形，只見對面崖上也架著十條石樑，直通另外一座山崖。

茫茫的雲霧裡，可看到遠處一線白光閃爍，看來是飛泉自山頂瀉下，雖然聽不到水聲，但可忖知那山泉定是深入谷底的。

他忖道：「這兒大概是最驚險之處，石樑還不止一座，若是不能越過，便不可能達到那鏡湖，眼見那山泉瀉下之處，一定是鏡湖。」

他思索飛轉，繼續忖道：「但是我若不能一口氣直達對岸，只要對面山崖埋伏有人，朝石樑一擊，這僅尺餘寬的石樑便將斷去，我一定會墜入深淵之中。」

一陣山風自谷底吹起，呼呼急嘯，吹到他身上陰寒刺骨，直把衣袂吹得獵獵作響。

他暗忖道：「像這陣強風，若是驟然吹來，站在千丈深谷之上，都可能被吹得墜落谷裡，何況……。」

他細細地想道：「這條石樑寬約十三丈左右，我必須借力兩次，方能躍過去，現在若是我先走過五丈，僅須借力一次便可安然越過，這下希望埋伏在崖後的那人認為我必須借力三次以上才能越過，那我就可不怕他中途將石樑打斷。」

他忖思之際，已緩緩行上石樑，腳下踏著細碎的步子，裝出一副戰戰兢兢的樣子，好像害怕一失足便會掉落谷中。

僅一會兒，他已行到約一半之處，山風呼嘯，石樑竟然微微震動。

他心中暗自顫驚，忖道：「這果然是天險，生死完全繫於一髮之間。」就在他忖思之際，前面山崖邊，果然現出一條大漢來。

那大漢一身黑色勁裝，滿臉虬髯，手持一根熟銅棍，望著石砥中哈哈大笑道：「你這小子，天堂有路你不去，偏闖到這裡來送死，現在讓你前進不得，後退也不得！」

他話落棍起，便往石樑上砸去。

石砥中身形倏然急衝，似是強矢離弦，朝對岸躍去。

轟然一聲，石樑一折兩斷，朝谷底墜去。

石砥中如同飛絮，飄在空中。

那大漢臉上笑容一斂，眼見石砥中輕功卓絕，如同一支急矢，射將過來。

他大喝一聲，銅棍橫掃而出，帶起一陣急勁的風聲，朝石砥中搗去。

石砥中一躍六丈，即將落下，眼前銅棍已迅捷如電地掃將過來。

他低喝一聲，整個身子斜飛而出，繞開一個半弧，避開那急勁的一棍。

「噗！」一道劍弧閃出。

石砥中拔劍出鞘，在一個剎那裡，平劍搭在那根銅棍之上。

藉著這些微之力，他已換了口氣，飛躍上崖。

劍光一閃，回劍繞射，他一劍排出，斜斜削在那大漢背上。

血影迸現，那大漢慘叫一聲，墜落深谷之中。

慘叫之聲傳來，久久未歇……。

石砥中臉色凝重，深吸兩口氣，平抑住洶湧的心潮，向前走了幾步，便又來到一座石樑之前。

他一眼望去，只見對面山頭，一條飛瀑流瀉而下，隱隱傳來一陣水珠迸濺之聲。

一道石樑橫架在深谷之上，對面崖上有了一陣細碎的人聲。

石砥中只見這道石樑僅八丈餘長，縱然較剛才那條為細，但也有七寸餘寬，足可急行過去。

他一聽人聲，倏地腦中靈光一現，一個念頭泛上心頭。

他忖道：「莫不是對面之人因為久未見人來到這深谷之中，而且剛才那條石樑又有人把守，以致疏於看管，現在一聽慘叫之聲，趕快自休息之處趕了來。」

這念頭有如電光石火掠過腦際，他立即決定冒險一試，趁對面之人還未趕到石樑處，便以迅雷不及掩耳之勢躍過去。

他深吸一口氣，急速衝上那條石樑，一躍五丈，勢如流星飛瀉，電光掠空，僅一個起落便踏上對岸。

弓弦急響，密密的長箭疾射而來。

石砥中雙足如同釘在崖上，左掌一揮，一股氣勁撞去。掌一出手，立即身隨劍走，飛躍而起，激射而去。

那密密的箭網，被石砥中狂飆排空拍出，撞得墜落地上。那一排勁裝大漢，還未及射出第二次箭，便見石砥中仗劍自空飛降，恍如天神，凜凜生威。

剎那之間，石砥中怒睜雙目，大喝一聲，劍式疾行。光華輝耀。慘叫聲裡，血影灑出。

石砥中毫未停頓，朝深谷裡奔去。

地上躺著七個大漢，每人眉心都被劍尖擊中，鮮血正自緩緩流向面頰。

傍依山壁，有兩幢磚房，石砥中躍了過去，略一查看，便知這是剛才那些大漢歇息之所。

屋中尚還留著一些散亂的衣服，和幾個仍在昏睡的女人。

石砥中低哼一聲，只見一座鐵索橋自屋旁橫架於峽谷之上。對面之處，叢樹雜生，一條瀑布自山頂瀉下。

水聲淙淙，他的目光自瀑布移向山腰的一幢綠廈之上。

他忖道：「那綠色的大屋，必是滅神島主所居之處，不知那飛瀑流瀉何處，是否就是鏡湖？」

忖思之際，他已邁開腳步，跨到鐵索橋上。

僅一個起落，便已踏上對岸。

就在他腳步方一站穩，自叢樹之間，竄來一條滿生逆鱗、紅舌吐出的大蛇。

蛇行如飛，帶著咻咻之聲，急射而至。

石砥中雙眉一軒，長劍方待揮起，那條大蛇已經輕叫一聲，忙不迭地竄走，彷彿遇見什麼剋星似的。

石砥中微微一愣，不知這大蛇為何會害怕自己，他聳了聳肩，向著叢樹走去。

他才走了兩步，只覺一股陰寒的空氣直逼上來，較之剛才立足之處，彷彿夏冬之別，驟然之間，不由打了個噴嚏。

他一驚之下，立即便覺懷中一股暖意慢慢升起，遍布全身。

立時，他想起身上的那枚紅火寶戒來了。

他驚忖道：「像我現在之功力，而且身上還帶著這南方之火所凝成之寶石，還會覺得寒侵骨髓，冷不堪言，若是尋常練武之人到此，豈不是要凍僵了？」

他取出紅火寶戒，戴在右手之上，果然覺得陰寒稍斂。

叢林濃密，雜草蔓生。

他緩緩行去，只見滿地滿樹都是些黑蟻、蜥蜴，更有那翹著尾鉤的蠍子，爬行於樹梢之上，觸目驚心。

石砥中從未見過這麼多毒物，只覺毛骨悚然，好在那些毒物一見他行到，紛紛遊走避開。

他抱劍於胸，凝神靜氣，輕巧地鑽行於叢林裡。

草聲簌簌，眼前突地開朗。

一個大湖在綠草環繞之中，湖面平滑如鏡。

幾朵白雲自藍天映入湖中，顯得湖水更加清澈。

石砥中目光流轉，只見靠近山腳的湖邊，白骨遍散於地上，一根根的鐵柱豎立著，柱上懸掛著人體。

石砥中心情突地緊張起來，他站在樹叢之中，兩眼掃過四周，沒有發現有人，方始朝大湖的另一邊躍去。

循著湖邊而去，他看到了湖水之中，水波一片，晶瑩平滑，真個像是水中放了面大鏡一樣。

他恍然忖道：「原來湖水陰寒無比，是以裡面的水都結成冰了，而湖面的水則還未到結冰的程度，以致於看來湖中有鏡。」

躍行之際，他已經走近了那十幾根柱子邊。

鐵柱上高吊著人，每人身上都爬滿了許多黑蟻。

一隻隻黑蟻都吸血吸得飽飽的，而那些人卻低垂著頭，像死了似的。

石砥中只覺熱血沸騰，他走到鐵柱之下一一查看，卻沒有發現自己的父親。

其實這些懸吊於鐵柱上的人，都是衣不遮體，瘦弱孱柔，滿頭亂髮掩著蒼白的臉，怎能認清楚是誰？

他急得幾欲衝入那半山的綠廈裡，將所碰見的人一一殺死。

他咬了咬嘴唇，走到那第一根鐵柱下，將繫著人的細索解下，然後把那人身上的黑蟻掃開。

他右手戴著紅火寶戒，揮動之際，流光瀲灩，那些黑蟻拚命地爬走，簌簌落在地上。

石砥中只見這人小腹「腹結穴」上釘著一根銀釘，兩肩以及足踝之上也都被銀釘釘著，所以那些人動都不能動一下。

他一掌貼在那人背心，運氣自對方「命門穴」攻入。

「嗯！」那人悶哼一聲，渾身一顫，睜開眼來。

他一眼望見石砥中，驚叫一聲，想要掙開去。

石砥中看到這人渾身都是疤瘡，一動之際，都裂了開來，慘不忍睹。

他問道：「你不用怕，我有一事問你。」

那人胸部起伏，驚悸地道：「我什麼都不知道，我真的不知道。」

他的臉痛苦地抽搐著，顫聲道：「你殺了我吧！殺了我吧！」

石砥中道：「我不殺你，我要救你，你不用怕，我是來自中原的。」

他頓了一下道：「我問你一事，你可知一個叫寒心秀士石鴻信的人？他是否也被吊在柱子上？」

那人喘著氣道：「我不認識他，你說他是什麼樣子？」

石砥中道：「他與我差不多高矮，臉也與我相似，不過年紀比我大，有四旬左右。」

他哦了一聲道：「我倒沒問你大名。」

那人閉上眼睛，兩滴淚水湧出，他搖搖頭道：「我已是將死之人，名字說出來只有辱沒師門。」

石砥中忖道：「他大概也是為滅神島主美色所迷，而至陷身於此，落得如此下場。」

那人咬著牙，哼了兩聲，突地睜開眼睛道：「我記起了，那人是在不久前才來的，他現在吊在最後一根柱子上。」

石砥中問道：「你們被吊著，讓黑蟻吸血，究竟是為了什麼？」

那人嘆了一口氣道：「那賤人要煉毒藥用的。」

石砥中道：「我替你將這些銀釘拔出可好？」

那人苦笑一下，滿頭大汗道：「我看你還是殺了我，以免我受太多的苦，我這是忍耐錐心之痛才能與你說話。」

他咬牙恨恨地道：「你既然能闖進島中此處，必有絕藝在身，我拜託你一定要將青媛殺死，那賤人最厲害的是技藝博雜，還擅迷陽之法。」

石砥中脫下手中戒指，放在那人丹田之際道：「我試著替你解開這些銀釘，我要先救活你。」

他伸手將釘在那人足踝上的兩根銀釘拔出，又將釘在「肩井穴」的銀釘拔下，然後再拔「腹結穴」的那根。

他手起釘落，那人渾身一顫，吭都沒吭出來。便已渾身發黑的死了。

石砥中一愕，不知怎麼會使那人加速死去。

其實那人日夜受著黑蟻之毒，僅仗著銀釘將毒性抑止住，一旦將釘子取下，毒液加速攻心，立即便會死去。

他惻然一嘆，將紅火寶戒取回，立身而起，朝最後一根鐵柱躍去。

他心中波潮激盪，對於滅神島主的憤恨之情愈加深重。此刻，他好似一把繃緊了弓弦的大弓，只是強行抑延發出那致命一箭的時間。

到了鐵柱之下，他將那根鐵柱拔起，解開那繫人的鐵索，細細端詳了那垂首昏死過去的人。

雖然那人臉頰深陷，亂髮亂髯，但他依然可看清那熟悉的輪廓。

他痛哭道：「爹爹！」

他右手揮動，將那些叮在石鴻信身上的黑蟻捏死，然後脫下自己的外衣，將自己的父親包住。

他這下可不敢將那些釘在石鴻信身上的銀釘拔掉了，他運掌貼住石鴻信背心，硬生生將真力打入。

石鴻信輕哼一聲，醒了過來。

他睜開眼睛，一眼便望見石砥中淚流滿面，凝聚著目光注視著自己。

他急喘著氣，囁動著嘴唇道：「你……你是砥中？砥中我兒？」

石砥中咽聲道：「是的，爹，我是來救你的。」

石鴻信低微的聲音響起道：「這，這莫非是在夢裡？你怎麼會來的？」

石砥中道：「兒泛海來島上，為的就是救你。」

石鴻信目光轉動了一下，焦急地道：「趁現在沒有人，你快走吧！他們一到午時就會來收集黑蟻，兒呀！你不是他們的敵手。」

石砥中咬了咬牙道：「我現在已經練成了武功，一定能殺死那賤人。」

石鴻信眼角沁出淚水，說道：「你走吧！千萬不要帶著我……。」

他嘴唇囁動，淚水滿面道：「我半身都已浸入湖中，被那陰寒之氣鑽入骨髓，再也活不了旬日之久，反而多受罪。」

石砥中哭泣道：「兒到湖面去找『還魂草』，一定可救活您的。」

石鴻信搖搖頭道：「我苟延性命是為了要把所探知的關於鵬城之秘告訴你，現在你以真氣托住我將斷之心脈，只有加速我的死亡，再也無法救活我了。」

他喘了一口氣道：「你現在不能鬆手，一鬆手我將會死去。兒呀！你記住，在藏土拉薩布達拉宮內書庫之內第三進，有那看守書庫的喇嘛——」

石砥中點頭道：「爹，我會記住的。」

石鴻信氣息微喘，掙扎著道：「找到你師祖，他有一支短笛，拿到那支短笛，去交給那守庫之人，他叫達克炁喇嘛。」

他的臉孔急驟地抽搐著，急喘道：「他……會拿本書給你，那就是鵬城之位置所在。」

話聲一頓，石鴻信已經死去。

第十章 迷魂麝香

蒼天悠悠，白雲飄過。

石砥中淚眼模糊，緩緩抬起頭來，仰望無邊的穹蒼，他已無淚流出了。

微風吹過，一個巧笑自風中傳來，輕笑之聲恍如銀鈴，振盪於空氣之中。

石砥中移動目光，只見環山腰邊走來一個素衫赤足的女人。

那女人巧笑道：「果然他已經知道那取得秘圖之法，嘿嘿，幾個月來受盡苦刑都不講，現在倒輕易地說了出來。」

她步履輕盈，飄飄若凌波仙女，轉眼便來到湖邊。

石砥中只見這女人與那天在大同城外所見到的少女一模一樣。

他心弦一顫，脫口呼道：「滅神島主！」

那女人笑靨似花，流波如水，微笑道：「唷！好俊俏的小夥子，喏！」

她玉指一點臉頰，笑道：「羞！這麼大的人還滿臉淚痕，羞羞羞！」

石砥中一擦眼淚，立起身來，問道：「你真是那滅神島主？」

因為他知道連自己的師祖都曾迷戀於滅神島主的美色，但那已是三十多年前之事，依照推理，眼前「滅神島主」該是一個雞皮鶴髮的老太婆才對。

那女人一掠雲鬢，笑道：「你看我是不是很漂亮？」

石砥中只覺她眼波帶著蕩意，薰得自己有點醉了。

霎時，他記起天山神鷹的話來了。

他暗自喃喃道：「不要看她的眼睛……。」

那女人咭咭笑道：「這麼個大男人也害羞呀！」

她兩眼盯著石砥中，驚羨地嘆道：「真是個絕世難求的美男子！」

石砥中臉上湧現一層寒意，沉聲道：「你是滅神島主毫無疑問了，現在，我有一事要問你。」

那女人微笑道：「什麼事呀，你儘管說，最好到我綠廈裡再說，好不容易見到你，真是有幸……。」

石砥中道：「這些人都是你把他們吊起來的，任憑他們讓黑蟻叮吸血液，我問你，這些黑蟻有什麼用？」

滅神島主伸手摸了摸自己豐腴的臉頰，道：「那些黑蟻是要用來提煉毒液，因為有許多敵人……。」

她說到這裡，輕啐一聲道：「這些噁心之事說他作什，小兄弟，我還未問你叫什麼名字呢！」

石砥中悲憤地朗笑一聲，喝道：「我叫石砥中，是這個被你害死的人的兒子！」

滅神島主詫異地問道：「你是誰的兒子呀？」

石砥中往地上一看，已看不見自己父親的屍體，只見一灘黃水浸得自己脫下的那件外衣溼淋淋的。

他心神一震，愕得木然而立。

滅神島主輕笑一聲，道：「你這個傻子，我跟你講，他浸過湖水，我這湖水則是用來熬煉化骨丹之用。」

石砥中大喝道：「你是說他死了也屍骨無存？」

他怨憤交集，一振手腕，長劍帶起一條光影，激射而去。

滅神島主輕笑道：「唷，這麼兇幹嘛？」

她腳下一轉，如同白蝶穿花，繡帶飛舞，閃了開去。

石砥中一劍落空，立即靜氣凝神，抱劍於胸，使出「將軍十二截」中的起首式「將軍執戈」。

滅神島主雖然避開這迅捷的一劍，但是心裡也暗自吃驚。

她臉色依然嬌豔如花，沒有絲毫改變，笑道：「你的劍法真行，何不到前島參加劍會？今天是五島劍會開始的第一天，以你的劍法，一定可以奪魁的。」

石砥中兩眼望定劍尖，全部心神都與劍刃相融，他對於滅神島主此言，一點都沒有聽到。

氣走一周天，他暴喝一聲，目中神光疾射，長劍一引，揮舞開去。光華璀璨，霞影千條。

滅神島主臉上立即收起那絲微笑。

她玉掌輕拍，身旋似花，霎時便接下石砥中攻出的兩劍。

石砥中被那飄忽的身影，把眼睛都繚花了。

他劍式一頓，回劍自保，滅神島主也飛躍開去。

這一個接觸，雙方都發現對方功力不同凡響。

滅神島主驚詫萬分地望著仗劍挺立的石砥中，暗忖道：「他才只二十歲光景，功力怎有如此之高？劍法更是雄渾，氣魄之大，竟有一派宗師的氣概，誰能調教得出來？就算天龍大帝也不能教出這麼好的徒弟。」

她愈看愈愛，忖道：「我若能收伏他，還怕誰呢？而且這種美男子，真是絕世難逢。」

這念頭飛快自腦海掠過，她身形飛挪，娟娟地行來。

剎那之間，她全身都似發出一層霞光。

石砥中目光方一接觸那雪白的身形，便覺心扉搖動，不可自已，一股憐惜的感情湧將上來。

他悚然大驚，忙不迭地閉上眼睛，心中暗自呼了聲佛號，思緒移轉到自己父親之慘死。

霎時，怒火激起，他大喝一聲，睜開眼睛，一式「將軍盤嶽」使出。

劍尖倏地吐出三寸寒芒，嗤嗤的劍氣急響而起，舒捲而去。

滅神島主大驚失色，十指一揮，細若輕煙的粉末彈出。

石砥中聞到一股香風，但他只皺了皺眉，劍式毫不停滯，「將軍解甲」、「將軍揮戈」、「將軍斬鯨」，一連三式，洶湧如海潮初漲，萬馬奔騰，挾著千鈞之勁，匯集而去，劍式宏闊，懾人心魄。

滅神島主見自己彈出所煉之毒粉對這英俊的青年依然無效，不禁心神慌亂，因為天下有誰不畏毒，有誰不愛色的？

唯有石砥中能夠如此。

他劍式劃行，無邊無際，只見劍光熾烈，舒捲而去，嗤嗤劍氣輕響裡，滅神島主驚呼一聲，飛躍三丈開外。

劍光陡然一斂，石砥中滿臉寒霜的屹立不動。

劍尖上一絲血痕，地上一截羅衣。

滅神島主那賽雪的肌膚，一道劍痕掠過小腿。

她輕皺秀眉道：「你，你好狠的心！」

石砥中心裡泛起一絲不忍，但是他立即大喝道：「我要殺了你！」

滅神島主緩緩站了起來，道：「你殺好了，讓你殺……。」

她向前走了七步，突地雙掌一抖，身隨掌走，有如箭矢，朝石砥中胸前拍到。

「哼！」石砥中悶哼了一聲，胸前被那沉重的掌力拍個正著。

他連退五步，「哇！」地一下，吐出一口鮮血。

滅神島主沒有等他站穩，臉含殺氣，直逼而來。

石砥中低喝一聲，左拳斜搗而出，擋住對方攻勢，右手長劍一震。

一個光弧自劍刃升起，隨著劍尖跳動，朝滅神島主射去。

他這下所運集的乃是「劍罡」之術，光弧乍閃即沒。

滅神島主已慘呼一聲，被劍罡撞得飛起二丈，落在湖邊。

她雙手掩著小腹，朝湖裡吐了一口鮮血。

石砥中的嘴角也有一絲鮮血流出，他兩眼望定滅神島主，泛起一絲笑意。

突地，他的笑意凝住了，滿臉驚異之極。

敢情此刻那滅神島主烏黑的青絲一齊變為銀白，那斜露出羅裙外的光潤腳踝，變得雞皮皺紋，青筋畢露……。

滅神島主一回過頭來，滿臉皺紋，凹眼尖腮，竟然是一個六、七十歲的老女人。

她望見石砥中滿驗驚恐，不由回過頭去，將臉伸在湖水之上。

水波清盈，倒映出一個雞皮鶴髮的老婦人模樣，她駭然伸手摸了自己臉頰，方始知道水裡的人正是自己。

「啊——」

她悲叫一聲，跳進湖裡。

水波搖晃，漣漪一圈圈地散開……。

石砥中只覺全身乏力，心神疲憊，右手一鬆，便昏倒在地上。

微風吹過湖面，很快地回復平靜。

× × ×

清香繞繚，煙霧飄渺。

悠悠忽忽中，石砥中醒了過來。

他睜開眼，便望見四周盡是綠牆。

在屋子當中，一座三腳的古鼎，正散放著輕煙。

他待要躍身而起，卻發現自己已被細若小指的鐵鏈捆住，四肢張開，捆在石床之上。

他用勁一掙，又發覺自己渾身痠麻，一點力量也發不出來。

他悚然一驚，趕忙運氣合著丹田，卻發覺身上沒有任何穴道被人閉住。

他搖了一下頭，弄不清自己身在何處，又如何會在這一片綠色的屋子裡。

思緒緩緩轉動，他方始想起今日闖進滅神島的經過情形。

他記得蒼老的師祖血噴胸前，氣息奄奄的樣子，那蒼白瘦弱的臉龐在他眼前浮動著。

他兩眼睜大，看見煙霧繚繞中，那枯瘦無神的臉孔一變為滿頭亂髮、面頰凹入的石鴻信……。

他悲苦地叫了一聲，閉起眼睛來，但是那雙神光散亂、呆滯無力的眼睛，依然在他腦海裡搖晃著。

他兩眼眼角流出兩點淚花，低聲悲泣著。

剎那之間，剛才所經過的事，全都記憶起來。

但是那氤氳的煙霧，在他鼻前盪動，那記憶中的事情似乎又淡去，像輕煙一樣自腦際消失。

他昏昏沉沉的，只覺渾身疲憊，閉上眼睛不久便想睡去，也沒想到自己是被捆著的。

就在他似睡未睡之際，屋外傳來一聲輕笑。

一個清脆的聲音道：「他醒了沒有？」

另一個嬌柔的聲音道：「小婢怕他醒來脫逃，所以燃著了『迷魂麝香』，他是不會醒的。」

「哦！那麼島主到哪裡去了？難道竟容這人連闖數關，到達這裡都不知道？吳勇，你有沒有看到我娘？」

一個低沉的聲音響起道：「島主這三十六天的閉關，已將容貌回復如舊，但不知她何時出去的。小姐有何吩咐？」

石砥中昏迷中聽得這聲音，腦中有如電光閃過一樣，暗忖道：「這不是那冷冰木然的吳勇嗎？」

當日，他在大同府城外，見到金羽君之際，便首次遇見滅神島主乘車而來，那駕車的御者手持一根翠竹長杖，曾與金羽君較量了一下。

那冷漠如冰、無視於一切的樣子，曾在他腦海裡留下深刻的印象。

他頓時又想起自己是處身於滅神島中，這念頭使他神智一清。

那嬌柔的聲音漸去漸遠，道：「我要到前島參加劍會主持之禮，你們看緊他，『迷魂麝香』不可熄滅。」

石砥中睜開眼來，注視著那鼎爐裡嫋嫋升起的一縷輕煙，忖道：「原來這香竟能迷惑人的心智……。」

他運氣出力，果然全身乏勁，軟綿綿的毫無一點力氣。

霎時之間，他急得滿頭大汗。

他直在惦念著胸前藏著的金戈玉戟以及那支短笛，恐怕會在昏迷的時候遭人搜去。

他閉氣含舌，運起瑜伽術中的龜息之法，將丹田的一股真氣提起，緩緩運行於穴道之中，行那清穴之法，清除吸入之「迷魂麝香」。

真氣催動，運行於一百零八穴之間，緩緩地流動。

就在此時，石門一響，一個身著翠羅衣裙的少女走了過來。

她看了看鼎爐裡的火焰，輕輕走到床邊。

她兩眼盯著石砥中那如玉的臉龐，射出熾熱的目光，注視了好一會，她忍不住伸出手來，在石砥中臉頰下輕輕撫摸起來。

誰知她的手才放在石砥中臉上，突地見石砥中兩眼大睜，目中神光暴射。

她那充滿柔情的目光，頓時變得驚惶非常，被那逼射的神光一驚，不由趕忙收回伸出的右手，嚇得退後了兩步。

石砥中吁了口氣，一縷淡淡的青煙自他鼻孔飛出，隨著他又閉上眼睛。

那少女愕然望著石砥中，詫異地忖道：「他怎會醒了過來？這香味強烈無比，若無解藥一定會昏睡不醒的，而他卻……。」

她一念及此，暗道不妙，趕忙飛步向前，兩指疾伸，朝石砥中胸前昏穴點去。

誰知她的手指方一觸及對方衣裳，石砥中突地睜大雙眼，喝道：「你做什麼？」

那少女一愣，兩指用勁點下。

石砥中大喝一聲，全身衣袍倏然隆起，氣勁充滿衣袍之間，那少女雙指點下，只覺堅硬似鐵。

她惶然叫道：「吳大叔……！」

門外一道人影輕閃，那濃眉虯髯、肩膀寬闊的吳勇，有如微風掠過，急躍過來。

他兩眼一看，只見床上躺著的年輕人已經醒過來了。

他毫不猶豫，兩肩微晃，已經掠至石床之前，揮掌平拍，向石砥中胸前昏穴拍去。

石砥中低喝一聲，雙臂一振，「喀嚓」兩聲，已將捆住手腕的鐵鏈掙斷。碎石簌簌聲裡，他手揮鐵鏈，灑出一片光影，舒捲而出。

吳勇掌力雄渾，毫不躲避，硬劈而下，只聽得「噹啷啷！」一陣響，掌緣掃在鐵鏈上，頓時將之劈斷。

石砥中大喝一聲，坐了起來，雙掌一翻疾穿而出，一式「將軍揮戈」，右臂五指駢合，如劍劃出。

吳勇連出三招，方始擋住這妙絕的一式，他那冷漠的臉上也不由掠過驚詫之色。

石砥中悶喝一聲，雙掌回空一轉，腳朝上鐵鏈擊出。

吳勇默然不響，猱身直上，連擊六掌，掌掌相疊，不離石砥中要害，狠辣凌厲，雄渾如山。

石砥中剛將腳下鐵鏈劈開，便覺勁道沉猛地壓到。

他身軀一轉，左掌自右肋穿出，右掌隨著揮將出去。

「啪！啪！啪！」一連六聲暴響，石砥中雙掌交加，與對方連對六掌。

他真氣剛將體內的「迷魂麝香」驅除體外，未能完全復原，故而此刻抵擋不住那沉重如山的勁道。

室內煙霞繚繞，他深知只要那個鼎爐中的煙霧不滅，自己呼吸之際便會吸入那香味而至渾身無力。

所以他吐出一口長氣，身形飛閃，朝門口撲去。

吳勇濃眉一揚，大旋身，推雙掌，朝石砥中拍去。

石砥中腳下急旋，躍出門外，他深吸口氣，雙掌反拍，擊將出去。

「啪！啪！」

吳勇悶哼一聲，退了一步，他只覺雙掌痠麻，幾乎抬不起來。

石砥中顧盼之間，已發覺石門上是有鐵門的，大概這間房子是用來練功，鎖起來以防人吵鬧……。

他腦中靈光一現，毫不拖延，便將石門關上。

「鏗！」的一聲，他便將那個少女和吳勇關在裡面。

鎖上門後，他四下打量，只見自己所處之地乃是適才所見綠色大廈的後面邊房。

四周翠欄迴樓，飛簷長榭，綠色的雕樑襯著鑲玉的壁燈，真是美觀華麗。

身後「砰砰！」兩聲悶響，像是鐵錘擊在石門上一樣。

石砥中知道這正是那冷漠的吳勇以掌力擊打門上所發的聲響。

他暗自好笑，忖道：「像他這等臉罩冷霜漠然於世事的人，被困於石室之中，是否會像常人一樣暴跳如雷？」

他倒想去看看，但是他卻淡然一笑，朝疏林外躍去，敢情他記起了答應千毒郎君要取得鏡湖裡「還魂草」之事。

石砥中才走幾步，又想到自己昏迷之際，身上所帶之物，不知是否已被搜去。

略一查看，他發覺所有的東西都在，唯有那枚紅火寶戒不在。

他回想起自己在湖邊解下父親之際，曾將其放在石鴻信身上，到後來滅神島主來了……。

他拍了一下腦袋，道：「這一定是被他們搜去了，我記得是戴在手指上的。」

他站在石廊上遲疑了一下，仍然向著坡下躍去。

× × ×

一排疏林橫在眼前，自稀疏的樹枝看出去，便是那如鏡的大湖。湖水泛亮，細草如茵，紅花間雜於碧綠的草中，正在隨風擺曳。

石砥中目光自這美麗的景上移開，轉到那吊人的鐵架上。

他皺了皺眉頭，飛身躍下山坡，來到湖邊。

湖水清澈，倒映雲天，真個美麗如畫。

但石砥中卻無心欣賞這些景物，他心中突地湧起一股鬱悶的思緒。

在湖面上有許多小草浮萍飄浮水上，有的墨黑如絲，有的卻葉闊莖長，沒見到如千毒郎君形容的「還魂草」樣子。

他繞著湖邊緩緩行去，目光細細搜索著，倏然在靠近那些鐵柱邊，看到湖上有許多細長殷紅葉子，浮在水面的植物。

他忖道：「這莫非就是還魂草？」

他仔細一看，只見那些還魂草都沒有結果實，僅有靠近湖心處，有一株紅如火焰的細草，結著幾顆碧綠滴翠的果實。

他看到自己立身之處，距那湖心約有十餘丈遠，非要中途換氣不可，而且這湖心有腐蝕人體之能，必然是含有某種毒物。

他暗忖道：「我若是藉那些水草換氣，又恐浮力不夠，而且到了湖心要採下那些果實，又不知道是否有毒？」

忖思了一下，他將袖子撕下，繞在手上，然後運氣行空，提足丹田真氣。

他身形似箭疾射而出，掠於湖面之上，人影一閃，便躍出七丈之外。

湖水清盈，雲天倒映，水上細草微搖，花草散發出一股清沁的香氣，馥郁芬芳。

石砥中腳尖一點那如絲的細草，立刻平掠而起，越過五丈之遙，落在那株還魂草上。

他雙手連探，剎那之間，已將幾顆碧綠的果實摘下。

「嘿！」他雙掌一分，身形倒掠而起，回空翻了個身，朝來處躍去。

腳尖擦過浮萍，他急忙換了一口氣，直掠上岸。

就在他身形剛起之際，綠絲一線帶著尖銳的風聲襲到眼前。

他目光一閃，見到那冷漠粗壯的吳勇，已不知何時打開那石門，手持翠綠的長竹杖站在湖岸上。

那支竹杖繫著一根綠色細索，索尖有一個尖銳的三角形小鉤，揮舞之間，綠影片片，尖鉤夾著風聲射到。

石砥中身在空中，見到來勢奇猛。

他身形一頓，隨即下沉數尺，避開那凌厲的一鉤。

吳勇在岸上冷哼一聲，手腕一抖一放，竹杖變得彎曲，那細索一收一放，尖鉤劃過空際，朝石砥中當頭打下，硬要使之墜入湖中。

石砥中悶哼一聲，將手中的還魂草果實放入懷中，右掌一劈，左手急伸而出。

那索上尖鉤被他掌風劈得在空中一頓，他左手伸出，便將那根細索揪住。吳勇身形立得挺直，右手一振，「嗡嗡」一響，竹杖顫起一條綠影，那尖鉤靈巧的倒射而來。

光影一點倏射石砥中胸前的「鎖心穴」，迅捷似電。

石砥中沒有料到對方在這像釣魚用的釣桿上會有如此神奇的功夫，竟然靈活似蛇，詭絕妙異，急忙之間只得放手。

他長嘯一聲，身形迴旋而起，似大鵬回空盤桓，繞空一匝，朝吳勇射去。

吳勇長杖招式已經使開，一時收不回來，他眼見對方竟能在毫無憑藉的情形下，迴空飛騰，臉上神色不由一變。

不容他多加考慮，急忙滑步後退，竹杖倒置，以杖頭擊出。

石砥中大喝一聲，豎掌作刀，劈將出去，一連三招將吳勇招式封住，逼退四步之外。

眼中掠過那些高吊於鐵架之上，滿身都是黑蟻、垂首若死的人，一股怒火自心底燃起。

他深吸口氣，怒喝道：「姓吳的，我問你，那些人為什麼吊在那兒任黑蟻咬噬？」

吳勇怒目凝視，喝道：「他們都是該死的人，該受那些蟲蟻噬心。」

石砥中連劈雙掌，施出「將軍十二截」中「將軍斬鯨」之式，掌風呼嘯，舒捲而去。

他連續邁進五步，掌式一頓道：「那些黑蟻有什麼用？」

吳勇竹杖一引，「咻咻」之聲急響，杖上綠線盪起，護在胸前，尖鉤似星，點點閃爍。

他喝道；「那些黑蟻是用來煉製蝕骨之毒，現在要你見識一下厲害。」

石砥中沒等對方把話說完，大袖一振，佛門「般若真氣」揮出。

勁風急旋中，他駢指如劍，連攻兩招，「將軍射雁」、「將軍揮戈」。

「啊！」吳勇手中竹杖未及施出，便被石砥中迅捷的一式劈中，頓時劈為兩段。

他還未及退身之際，那如山的勁道壓到。

匆忙之中，出掌，運勁，他用盡全身之力，劈出一股狂飆。

勁風相觸，他渾身一震，右掌齊肘而斷，身上如被大錘重擊。

慘叫聲中，他噴出一口鮮血，跌出丈外。

石砥中還未追擊，便見樹林後，十幾個黑衣勁裝大漢急躍而來。

刀影片片，三人一陣，五人一群，竟然毫不紊亂，秩序井然，層層湧上。

石砥中沒想到這些大漢行動如此迅速，攻擊之中，刀行如飛，冷嗖嗖的刀光舒捲而來，如同水銀瀉地，無所不入。

他臉色微變，忖道：「這些大漢竟然將這刀陣練得如此純熟，較之一流高手合擊，尤為厲害。」

他站立不動，雙掌揮舞中，將身外護住，兩眼凝視著刀陣運行之路式，籌思破解之法。

僅僅兩個回合，他便已看清這陣法運行的樞紐所在，以他這等陣法韜略熟記於胸之人，對於這區區陣法，很快便可想出攻擊之法。

他低喝一聲，身形一晃，攻出三掌。

掌式各不銜接，飄忽虛渺，每掌都拍在刀陣空隙之處，頓時刀陣便是一滯，亂了起來。

石砥中目光掠處，突地瞥見吳勇渾動左掌，狠狠地向那些吊在鐵架上的人劈去。

穿腸爛肚，霎時那些人都被他擊破胸膛而死。

石砥中不知吳勇為何要在那些人身上發洩痛苦，他不由愣了一愣。

隨著他愣立之時，那刀陣復合，凌厲奇狠地攻上。

他拳腳齊飛，霎時便將面前三個大漢擊斃。

就在這時，他聽到吳勇慘叫一聲有如裂帛，回顧之際，已見到那虬髯壯健的吳勇生似瘋狂了一樣，曲著左手五指朝自己胸前死勁抓去。

石砥中愕然不知所以，他微怔之際，刀風削穴劈下，凌厲無比。

「哼！你們真是要見死方休！」

他大喝一聲，身形滴溜溜一轉，雙掌一分，臂直如劍，揮出呼呼的風聲。

刀影層層中，只見他身如遊龍，略一移動，便是一聲慘叫。

他駢指似劍，指尖到處，每個大漢都掩面慘呼，倒地死去。

他們都是眉心滴血，頭骨裂開而死，霎時倒得一地都是屍骸。

他吁了一口氣，心中鬱悶之氣好似就此吁出似的，感到舒服多了。

回眸一看，那吳勇竟然也因這剎那間發生之事所震驚，他滿頭大汗，臉色鐵青地呆望著這邊。

石砥中看見他胸前衣裳盡被自己撕去，露出胸毛茸茸、結實健壯的胸膛，那斷著的右臂也不斷滴血……。

就在兩人對立凝視之際，遠處一聲喝叫傳來。

石砥中回頭一看，只見一道黃影掠空躍來。

他看得分明，那正是金羽君莊鏞。

他咦了一聲，忖道：「他怎會到島上來呢？」

念頭方轉，他已見到吳勇突地全身顫抖，臉上肌肉不停地抽搐著，一滴滴豆大汗珠迸落於地。

石砥中驚駭地注視著他，不知為何如此，那吳勇已慘呼一聲，曲著左掌，朝自己胸前拍去。

「叭！」的一聲，他吐出一口鮮血。

痛苦的一哼裡，他睜大著血紅的眼睛，盯著石砥中。

他嚅動了一下嘴唇，嘶啞的聲音響起道：「青媛……，你有沒有看到青媛？」

石砥中微微一怔，道：「誰是青媛？」

吳勇身子一陣搖晃，喃喃道：「青媛，青媛……。」

石砥中道：「你說的可是滅神島主？」

他指著鏡湖道：「她在湖裡。」

「什麼？」

金羽君莊鏞飛躍而來，大聲道：「她在湖裡？」

吳勇見到金羽君，大喝一聲，急撲上來，咧開大嘴，露出白森森的牙齒，便朝金羽君咬來。

金羽君大袖一揚，劈出一股勁風，擋住吳勇上撲之勢。

他怒喝道：「吳勇，你幹什麼？」

吳勇瞪著滿布血絲的眼睛，凝望著金羽君，好似不認得的陌生人一樣。

金羽君也為他的這種神情所震驚，他愕然地道：「吳勇，你怎麼啦？」

吳勇突地大叫一聲，怒叫道：「她死了，青媛死了！」

他轉過身去，踉蹌地朝鏡湖奔去。

鮮血一滴滴落在地上，他奔近鏡湖，毫不猶豫地朝湖裡躍去。

「撲通！」一聲，湖裡激起幾圈波紋……。

金羽君深深嘆了一口氣，輕聲道：「又一個生命消逝了。」

石砥中默然地望著金羽君，沒有說什麼，他在忖道：「他現在到底在想什麼？」

金羽君緩緩抬起頭來，問道：「你真的將滅神島主殺死了？」

石砥中道：「我與她對峙於湖邊，後來她似乎一時真力不繼，而被我劍罡所傷。」

金羽君修長的雙眉一聳，凝目注視著身旁年輕英俊的石砥中，他簡直愈來愈不瞭解這充滿神秘的年輕人。

他愕然道：「你將她擊傷了？」

石砥中點了點頭，頓時想起那風華絕世、美豔妖冶的滅神島主，由於一劍擊中，而變得雞皮鶴髮、白髮蒼蒼的樣子。

金羽君自那微帶稚氣的臉上，看不出什麼來，他猶疑地問道：「她是什麼樣子？已經老了……？」

石砥中側過頭道：「你是說滅神島主？」

他肅然道：「她生前是一個美女，但在臨死前的刹那，她老得滿臉皺紋。」

他把所親見的事告訴了金羽君。

金羽君臉上泛過一絲黯然的神色，自言自語道：「她終於死了。」

他揚聲大笑，道：「這狠毒的黑蜘蛛終於死了！」

石砥中詫異道：「你說什麼，黑蜘蛛……？」

金羽君苦笑了一下，道：「雄蜘蛛一生之中只有一次交配機會，每當牠克盡這任務時，雌蜘蛛卻一口把牠吞下，吃個乾淨。」

他嘆了一口氣道：「我是那唯一沒被吞噬的雄蜘蛛。」

石砥中默然思忖著金羽君話中的意思，他暗忖道：「女色如刀，多少英雄豪傑死於刀下。」

金羽君凝望鏡湖，沉聲道：「千古有多少英雄豪傑死於女色之下，唉！湘江釣鰲客吳勇一世英名，沒想到死時屍骨都無存……。」

石砥中想到自己的師祖天山神鷹來了，他嘆了一口氣道：「前輩，你怎麼也趕來滅神島？」

「哦！」金羽君道：「天龍大帝之女東方萍已經回到天龍谷了，她囑咐我告訴你，要你回中原後去找她，她在天龍谷等你。」

石砥中點了點頭。

眼前湖水清盈，似是沙漠中那花樹叢裡的瀑布匯集的大湖一樣。

他在那裡初見她在湖水中游泳，那賽雪的肌膚，那如雲的長髮，嬌豔的臉靨，羞怯的笑容……。

有如電光閃過腦際，他喃喃道：「我一定會去找她！」

金羽君道：「據我觀察，那居於青海的幽靈大帝恐怕會向東方剛求親，所以老弟，你要早些去，千萬不要辜負了萍姑娘一番情意。」

石砥中頷首道：「我一定會趕到沙漠，若是那西門錡仗著幽靈大帝之勢……。」

他重重地哼了一聲，目中精光暴射，豪氣干雲，沉聲道：「我將要以一劍一掌與幽靈大帝一搏！」

金羽君暗自忖道：「以他這種身懷絕藝，而又聰明絕頂的人，必能成為二帝之最大威脅，將來天下第一高手真個非他莫屬。」

因為金羽君曾親眼看見他施出的絕藝，淵博雜絕，較之自己毫不遜讓。

而且他還看出石砥中身上似有一種神秘的力量，能促其日有進益，故而他才有這種想法。

他咳了一聲道：「在當今武林之中，年輕一輩的高手，恐怕無一是你的敵手了，但是那西門熊身懷邪門神功，天下唯東方剛能與之為敵，其他沒人是他的對手。」

石砥中問道：「前輩，你曾與幽靈大帝遭遇過？」

金羽君莊鏞苦笑一下，道：「他那『冥空降』邪功施展開來，真有山崩地裂之勢，我險些死去。」

石砥中並不氣餒，他默然忖道：「我要先到藏土布達拉宮，取得那鵬城位置之圖，得到城裡絕藝，然後仗劍重入江湖，會會名震天下的二帝。」

金羽君聳聳肩，自嘲地道：「江湖上要看你這種年輕人的了，我是老了。」

他笑了笑道：「我在沙灘上見到巨石上刻著的進入石陣之法，便知道是你無疑，所以我便隨你入陣之法進入後島。」

石砥中訝道：「那石樑斷去，你怎麼越過此谷？」

莊鏞道：「自谷側有小路可以到此，不須經過深谷。」

他深吸了口氣，四下一看道：「其實今日前島恐有盛大之會，否則後島不會僅有這麼少人！」

石砥中哦了聲道：「我忘記了，前島正在開什麼五島劍會。」

金羽君莊鏞露出懷疑之色。問道：「什麼？五島劍會？」

石砥中道：「這個我也不大清楚，大概海外的五個島舉行劍會，據我所知有滅神、崎石、海南、羅公、七仙等五島，大致說來，這些海外劍派的劍法都很詭異，我倒很想去看看。」

金羽君哦了聲道：「這些人大概要想進兵中原了？我倒要打聽清楚，以免中原武林遭到劫難。」

「走吧！」石砥中輕拍手掌，道：「前輩，你帶路到前島去！」

人影躍起空中，飄逸而去。

滿地屍骸正被風輕拂著，穹蒼無言，因為人間慘事太多了……。

第十一章　五島劍會

絕崖赤壁，高逾千尋，直矗雲天，綠林迎風招展。

白雲片片飄過，微風過處，綠林之中露出一角紅樓。

這座樓宇飛簷重閣，朱欄雕棟，極是美麗。

然而這紅樓所在，偏在絕壁之上，絕壁下海潮洶湧，浪濤拍岸，發出低嘯之聲。

亂石林立，在海水之中露出的尖銳石林，好似怪獸張開大嘴，露出的白森森的牙齒，正在擇人而噬。

紅樓之上，輕裘浮衫，雲鬢飄香。

十個盛裝的美麗少女正在倚欄吟唱，歌聲伴著絲竹，悠揚飛翔，迴旋於綠林紅樓之中，與海濤相和，與白雲相擁。

樓中鋪設猩紅色的毛毯，擺設著雪白的大理石雕成的桌椅，四壁之上，明珠鉗在玻璃燈上，放出柔和的光芒，使這寬敞的室內，更加明亮。

一道湘妃竹編成的竹簾懸在屏風之前，將室中隔成兩半，石階之下，是一個寬大的廳堂。

堂中擺設著兩張長桌，桌上珍饈美餚，盤碟交錯，川流不息的丫環正自端著熱騰騰的盤碗上菜。

一個白臉無鬚、身著藏青色長袍的漢子，自樓外走了進來。

他目光急轉了兩下，瞥見陳置於牆角的盆景，皺了皺眉頭喝道：「你們還不將那些盆景搬開，島主即將來到，客人們已經到齊了……。」

那些丫環忙碌之中，突地一聲鑼響，自門外走進一個全身綠衫、身披銀裘的蒙面女子。

她哼了一聲，側首對恭立的那白臉無鬚的中年漢子道：「洪總管，到現在還沒有布置好呀！各島來的客人都已到齊，馬上就要開始宴會，你是怎麼搞的……。」

那洪總管躬身道：「是，島主儘管吩咐，小的已將一切都準備好了，除了這幾盆盆景，我要……。」

滅神島主舉起右手，揮了揮道：「快些，我就要請他們入席了！」

她抬起的右手，雪白如玉，青蔥似的手指上帶著一枚戒指，紅豔豔的光芒，流輝四射，奪人眼目。

話聲一完，她立即便回過頭去，走出屋外。

她身後隨著的四個荷劍小童，俱都臉色冷肅，默然地跟著她走出廳外。

在這紅樓之外，白石為階，麻石鋪地，兩個高約四尺的青銅獅子，正在張牙舞爪地分立大門左右。

開展出去的一塊石坪，此刻搭了座大棚，棚內坐著許多奇裝異服的劍手，有男有女，有老有少，倒有十餘人之多。

滅神島主走了過去，陽光將她輕盈的影子留在地上，淡淡的……。

她腳下如同行雲流水，很快便走入棚裡。

大棚之中的各人都紛紛立身而起。

左側一個亂髮滿頭，頷下一把山羊鬍鬚的老者，笑嘻嘻道：「島主你好，一別數年，依然如舊，真個可賀。」

滅神島主微微欠身道：「今日劍會有勞竺翁親自涖臨敝島，不勝榮幸。」

那老者一摸山羊鬍鬚，道：「我百杖翁這多年來困在黎母峰中，從未到外面見見世面，是愈來愈土了，所以一接島主手示，就帶著兩個不肖的徒兒來拜見島主，會會各島高人！」

滅神島主臉上薄紗輕動，笑聲如鈴道：「竺翁身為海南劍派掌門，昔年用一支竹劍大會中原各大劍派，使海外劍派的威名傳於中原，今日能夠來到敝島，當是本島主之光榮，竺翁你何必客氣。」

百杖翁竺化哈哈一笑，道：「董文，董武，快來見過島主。」

兩個身背長劍，臉龐一模一樣的年輕人肅立抱拳，躬身道：「弟子拜見島主！」

滅神島主微微頷首，道：「等下劍會要看你們的了。」

她向前走了兩步，道：「羅老，你親自來了。」

一個長眉白髯，臉如重棗，身形魁梧的老者，呵呵笑道：「老破竹來了，我不來怎麼好意思？我這次只把我寶貝孫兒帶來，讓他見見這個熱鬧場面。」

他指了指身旁一個年約十七、修眉鳳目、滿臉冷肅的年輕劍手，道：「羅戟，見見滅神島主！」

羅戟躬身抱拳道：「晚輩見過島主。」

滅神島主目光轉到一個中年漢子身上，道：「哦！是你來了，令兄可好？」

那中年漢子臉色如冰，寒霜罩臉，聞言冷冷道：「謝島主關懷，家兄近況甚好。」

滅神島主微微一笑，面上薄紗飄動著，輕聲道：「回去後，對令兄說，我問他好。」

那中年漢子仍是冷冷道：「謝島主關懷！」

滅神島主知道這何平身為崎石島主之弟，身懷絕藝，劍術高明，綽號無情劍，是指他為人無情，劍術狠辣毒絕，殺人不眨一眼。

她微微頷首，也不多言，轉向施韻珠而去。

施韻珠微一欠身道：「島主好。」

滅神島主應了聲，道：「只有你來此？令尊可好？」

施韻珠雙眉含愁，輕聲道：「家父依然如故，還是不能運動，四肢癱瘓如故，而且……。」

她目光瞥到滅神島主手上的紅火寶戒，臉色倏然大變，全身一顫，竟然說不出話來。

滅神島主詫異地問道：「你怎麼啦？」

施韻珠搖了搖頭，強自擠出一絲笑容道：「沒什麼！我是想到家父日漸孱弱，恐將離死不遠，故而……。」

滅神島主輕嘆口氣，道：「唉！故人之間，唯有令尊最為不幸，約二十年都未能見到他到島上來。」

她伸出手來，掠了下垂下的髮絲，那手上的紅火寶戒放出火紅的光霞，掠過每人眼前。

百杖翁身子正好在她右邊，故而那紅豔的火花跳動於空中時，他看得最為明白。

他咦了聲道：「島主，你手上這枚戒指是何寶物，竟然像一蓬紅火似地飛出。」

滅神島主淡然道：「沒什麼，不過是一枚寶石鑲就的戒指而已。」

羅公鼎冷冷凝望了她一眼，目光中放出一絲驚喜之意。他上前走了兩步，道：「能否請島主將戒指借與老朽一看？」

滅神島主詫異地舉起手來，自己望了一下紅火寶戒。

就在她舉起手的時候，眾人看得分明，一道紅豔的霞光將滅神島主的臉靨清晰地映現出來。

那紅霞布滿的臉孔，嬌美似花，瓊鼻瑤唇，使人目定神馳。

施韻珠愕然凝望，她驚詫地忖道：「滅神島主年約六十餘，怎會依然如此年輕？」

連冷漠無情的何平也都目光突地一亮，臉上浮現驚詫之意。

百杖翁一摸頷下山羊鬍子，道：「島主你真是駐顏有術，青春永駐，我竺化真個老朽了。」

羅公島主羅公鼎頷下髫鬚一陣飄拂，心神激動地道：「島主，你依然與三十年前一般，甚而愈來愈年輕，老朽應該恭賀你。」

滅神島主詫異地望著他，隨即她便知道自己的臉容可能已被他們看見。

她望了望手指上的紅火寶戒，淡然笑道：「歲月飛逝，要挽留既去之青春實在不容易，我也老了。」

她突地想到在山西大同府城外，見到那俊逸不群，倔強而可愛的少年俠客的情景來。

她暗自嘆道：「石砥中，只有你能明白我的真面目，唉！你在何時才能來此？」

她的思緒已飄向中原，飄向那英俊挺拔的石砥中身上。

在她怔立之際，羅公鼎跨前一步，自袍中抽出一柄短劍。

棚中各人齊都一愣，滅神島主身後四個小童已疾閃而出，站在她的身前。

「鏘！」

四道劍虹閃現，劍光交織成一片光幕，護住滅神島主。

滅神島主冷峻地問道：「羅公，你欲何為？」

羅公鼎搖手道：「島主，你誤會了，老朽不是想不利於你，只是想將此劍贈你。」

百杖翁呵呵一笑，道：「老鬼，你為何故弄玄虛？害得我都緊張了一陣，認為你活得命太長了。」

滅神島主輕叱道：「你們退後，不要唐突了羅老！」

那四個小童應了一聲，劍式一轉，一齊收回劍鞘之中，有如電光的劍光斂去，便齊都站回她身後。

羅公鼎道：「老朽此劍乃是鎮島之寶『白冷劍』。」

他伸出手來，輕輕在劍鞘的白玉雕成的浮像上撫摸了一下，繼續道：「這柄劍跟隨老朽四十餘年，雖不能說是截金斷鋼，卻也吹毛斷髮。」

他雙手微微一動，劍上啞簧一響，一道白光閃爍而出，「噹」的一聲，有似龍吟虎嘯，短劍出鞘。

羅公鼎意氣飛揚道：「此劍曾陪伴老朽會過七絕神君，殺人無數，不沾一點血水，的確是寶劍。」

滅神島主頷首道：「白冷劍可說是名劍，羅老當年豪氣，曾隨此劍閃耀於中原九州。」

羅公鼎道：「老朽要將此劍贈與島主。」

滅神島主詫異道：「這又為何？」

羅公鼎道：「老朽欲請島主將手上戒指借與老朽一年。」

他話聲一了，百杖翁嚷道：「羅鬍子，你瘋了，那戒指雖然紅紅的，但是卻也不值得你把像性命般寶貴的白冷劍與她交換呀！何況只借用一年？」

滅神島主也愣愣地不知手上這枚戒指有何用處，她忖道：「吳勇自湖邊撿到這戒指時，並沒說什麼呀，我也沒問他那因於石室中的是誰？莫非這戒指真是寶物不成？否則不值得羅公鼎用寶劍交換呀！」

她心念轉動，說道：「羅老，這戒指有何用處，值得你用寶劍相贈？」

羅公鼎道：「老朽用此相請，希望島主能夠應允，否則老朽將無可奉告！」

滅神島主想了一下，道：「羅老請暫且將寶劍收起，容我先考慮一下。」

就在此時，鑼聲一響，自紅樓之中傳來。

她說道：「現在宴席已經準備好了，請各位入席。」

羅公鼎猶疑了一下，便將白冷劍依然收入袍下，隨著滅神島主向紅樓走去。

百杖翁摸了摸滿頭亂髮，拉住羅公鼎的袖角，輕聲說：「老羅，你慢走一步。」

羅公鼎看見滅神島主領先走在前面，那無情劍何平和七仙島來的施韻珠走在一道，其他各島之人也都跟隨而去。

他側首道：「老破竹，你又有什麼打算？這麼鬼鬼祟祟的？」

百杖翁竺化一皺鼻子道：「去你的羅鬍子，誰還來算計你？我有這支竹劍已經夠了，還會在你那條命根子似的白冷劍上打算盤不成？」

他放低聲音道：「我是想要知道，那枚紅寶石鑲成的戒指到底有何用？值得你如此犧牲？」

羅公鼎冷笑道：「我還道你有何重大之事問我，原來還是為了此事，你沒聽我說過，若是沒有換到那枚戒指一年之期，我決不將那枚戒指的用途說出。」

百杖翁竺化聳了聳肩，道：「好好，我不問。」

他拍了拍羅公鼎的肩膀，輕聲道：「老羅，你還記得兩年前我應崎石島何峰之邀，到那島上去的事嗎？」

羅公鼎點了點頭，道：「你那次還曾到我島上，去看看我這老頭子，嗯！我倒記得你說要到中原一趟。」

竺化一拍脅下掛著的竹劍，道：「不錯！我就是與無情劍何平一道去中原的。你知道嗎？我們會見了四大神通那四個老鬼，就那次，我們又為武林排名的先後，發生了一次劍鬥。」

羅公鼎問道：「十多年前，何峰與你，還有滅神島主曾連袂中原，博得武林中一席之位，沒想到此後你們又到中原去，那時情形如何？」

「嘿！」竺化一咧嘴道：「四大神通那個劍陣的確是厲害，困了我們約有三個時辰，後來我們卻將他們殺傷了。」

他一把將自己鬍子抓住，似乎要拔掉似地用力一拉，笑道：「你知道我們為何能反敗為勝？」

羅公鼎搖搖頭道：「你說的這事到底為何？」

竺化道：「你聽我說嘛！那時正當無情劍與我被困四大神通的『天雷轟頂』劍陣時，幽靈大帝倏然降臨，雷響那老兒一慌之際，被何平一劍破開劍陣。」

他輕笑一聲道：「我那次到中原，就是為了找四大神通，取得一種能驅除陰寒、增進內力、吸毒祛寒的寶物，據說唯有在南方坎離互調時產生的一塊精晶玉石，具有這種作用。」

他目光一斜道：「羅鬍子，你說可有這樣一塊玉石？嘿！那何峰唯有這種玉石，才能治好他『走火入魔』癱瘓了的雙腿。」

羅公鼎臉色微微一變，很快便回復正常，他淡然道：「你告訴我這些幹什麼？」

竺化擠了擠眼睛道：「那雷響、雷鳴等四個老鬼，綽號四大神通，對於武林中事幾乎到了無所不知的地步，因此他們知道那玉石的所在，但我老破竹現在也知道那塊玉石的所在。」

羅公鼎倏然側首，道：「老破竹，你說這話到底何意？」

百杖翁竺化臉色一正，道：「我認為那枚戒指就是這種玉石所做成的，你沒看剛才她舉起右手之際，那紅光都能透過面紗。」

羅公鼎苦笑了一下，還沒說出什麼，便聽見自己的孫子羅戟朝自己喊道：「公公，島主請你們入席。」

他哦了一聲，道：「老破竹，這事等下再說，現在請走吧。」

竺化這時才發現自己為了探知那寶戒的秘密，說話之際倒忘了走路，一直站在太陽底下。

他點了點頭道：「好吧！等下聽你的。」

他們走入大廳之中，便覺廳中布置得金碧輝煌，絲竹之聲伴著陣陣輕歌自竹簾之後傳來。

滅神島主淡淡道：「兩位有何事故，倒要談得如此之久？」

竺化打了個哈哈道：「我在告訴羅鬍子，海南瓊崖之上有一種寒鐵，可用來煉劍，想請羅鬍子代我鑄兩把！」

滅神島主點了點頭，道：「哦！原來如此，但是現在先請兩位上坐。」

酒盅菜盤，交錯移動，一道道的菜端了上來，又一個個的空盤端下。很快地，酒席已經吃了一半，但是聽中根本沒有聽見喧嚷之聲，大家都默默地用著酒菜。

滅神島主緩緩站了起來，道：「此次本島飛柬請各島來此，為的是要舉行一次劍會，並選派高手赴中原與各大正派較量，以發揚我海外劍術，讓中原各派能親見海外五島的雄風。」

她頓了一下道：「此事我已與崎石、海南兩劍派宗主洽商好了，現在請竺翁與各位說明白。」

竺化一摸頷下山羊鬍子，站了起來道：「其實這選派劍手到中原之舉，並不是主要原因，主要的原因乃是崎石島主何峰昔年與滅神島主共同發現中原之北、大漠中一個古代城池之秘……。」

他頓了頓道：「據記載，那城中有無數珍寶異藏，還有醫藥典籍、武功秘笈，尤其那秘笈上所載之武功，乃是藏土與天竺武功之精華，神妙無比。」

他目光放出炯炯神光，宏聲道：「是此滅神島主與老夫商量之結果，選出各派精英到中原去找尋那鵬城的真正所在，另一方面讓中原各派見識一下我海外劍術。」

他話聲方了，施韻珠緩緩站了起來道：「這事敝島雖然贊同，但是卻無能為力，因為敝島對於中原武功典籍並無興趣。」

滅神島主冷冷道：「貴島已有數年不與我們各島來往，但是貴派既是忝屬海外五島之一，當然一定要參與此事。」

施韻珠淺淺一笑，隨即輕鎖眉尖道：「各位都是知道的，家父癱瘓，家母早已去世，島中只有我們七個姐妹，怎麼能跋涉到中原去？何況還要到沙漠呢？竺伯伯，你說可是？」

竺化只見施韻珠身上洋溢出楚楚可憐、惹人遐思的風韻，彷彿要求自己憐惜她。

那盈盈的秋水，蘊含著無盡的情意……。

他呵呵一笑道：「是的，是的，一點不錯。」

滅神島主冷哼一聲，道：「據我所知，貴島有一綠舟，舟上有一終年蒙面的怪客，那又是誰呢？」

施韻珠微微一笑，道：「那是我舅舅，又有什麼關係？不過據我所知，你在中原到處設有站點，貴弟子全在中原。」

滅神島主臉上黑紗一陣晃動，問道：「你從何處知道這事的？」

施韻珠看見滅神島主手上戴著的紅色寶戒，只覺心中那蘊藏的怒火飛揚了，自雙親死後的悲憤再也壓制不住了。

她盈盈一笑道：「不但這個我知道，我還知道你的面首不少！」

滅神島主全身一陣顫抖，不怒反笑道：「喲，小妹妹，你看了也眼紅是嗎？分幾個給你好吧？」

施韻珠話一出口，便覺後悔，她記起舅父跟自己所說之話來了，這下一聽對方如此說，她臉色一紅，輕笑道：「島主你都還嫌不夠，何必要讓與我，而且我已經有了丈夫。」

「哦！」滅神島主笑道：「這倒要恭賀你，現在我敬你一杯。」

她提起酒壺，姍姍走了出來，到了施韻珠面前道：「你的杯子呢？」

施韻珠捧起酒杯，滅神島主那酒壺已壓了下來，壺嘴搭在杯子上。

滅神島主輕哼一聲，真力湧出，自壺嘴撞出。

施韻珠手腕一沉，很快便已穩住。

但是滅神島主卻左手一伸，往壺上壓去。

施韻珠腳下一動，兩塊磚石竟碎裂了，她的額上也已湧現汗珠，但她卻仍然含笑不語。

竺化皺了皺眉，望了一下羅公鼎，他猶豫了一下，一手端起杯子道：「噯！你們客氣什麼，來！我老破竹也喝一杯慶賀慶賀！」

他杯子迎上，碰到滅神島主手中酒壺，承受下那千鈞壓力。

施韻珠臉孔通紅，身形一陣搖晃，險些跌倒於地，她深吸口氣，平止從下上衝的血氣。

滅神島主一見百杖翁替施韻珠解圍，她身形輕移，笑道：「竺翁是個酒桶，這一點酒算得了什麼？但你卻不能喝醉，否則等到劍會之時……。」

竺化呵呵一笑道：「我老破竹是酒喝得愈多愈有精神，又何況等會兒也不至於要我來獻醜！」

滅神島主輕笑一聲，道：「我倒要試試各位島主的劍法是否更為精進。」

竺化微微一愣，沒想到滅神島主會動起嘴來，他目光朝羅公鼎一轉，還沒說話之際，無情劍何平已站了起來。

他冷峻地道：「各島印證一下劍法也是應該，現在就此開始好了！」

滅神島主站了起來，朝廳外走去，那四個背插短劍的小童也都跟隨而去。

× × ×

霎時，他們全部都走出廳外。

滅神島主冷冷道：「首先我滅神島二代弟子要領教一下各派絕藝，凡是誰能連敗三人之上，則可得到五島於十年前共立之『金雀碟』一面，這種金碟具有向各島任何一島主要求一事……。」

她說到此處，話聲一頓，看了羅公鼎一眼，繼續道：「這種要求是不能被拒絕的，但是所要求之事達到後，必須交回金碟。」

她提高一點聲音，道：「這種規定是十年前所定，但是十年來，這是首次劍會，當然目的還是為了鵬城之寶，金碟只不過是獎賞而已。」

她說完話後，一敲掛著的金鑼。

「噹！」鑼聲悠揚地響起。

鑼聲一了，她身後四個小童中最大的一個躍了出來。

他朝四周抱拳道：「在下滅神島金蛟，向各島請教。」

羅公鼎望了竺化一眼，道：「這娃兒不簡單，年紀這麼一點大，氣魄豪氣都已具備。」

他自袍底將白冷劍拿出，交給坐在他身側的羅戟道：「戟兒，你上場去，記住，那金雀碟可要求任何一事，而你姐姐……。」

羅戟接過白冷劍，沉聲道：「孫兒知道，必定不負爺爺之望。」

羅公鼎望著羅戟出場，輕嘆口氣，朝竺化道：「老破竹，你可知道我有一個孫女？她自幼即有陰脈在身，雖然現在已經快二十歲，卻又瘦又白，眼見就將活不了。」

百杖翁笁化兩眼凝注羅公鼎，點頭道：「哦！這個我知道，你敢情要那只戒指，為的就是想藉那顆玉石來祛除你孫女的陰脈中凝聚之寒氣？」

羅公鼎輕嘆口氣道：「自我兒媳兩人相繼去世後，我這一生希望便寄託在這一對孫兒女身上，若是……。」

百丈翁笁化伸出手去拍了拍羅公鼎肩膀道：「羅鬍子，我明白你的意思，這事我不會向何平說的，我會讓羅戟奪到那只金碟。」

羅公鼎兩眼溼潤，輕聲道：「老破竹，你是我三十多年的朋友，等到此劍會一了，我請你喝上三罈。」

百杖翁笁化哈哈一笑，道：「這個不勞你說，三罈全是我的份。」

羅公鼎移首望向場中，只見羅戟手持白冷劍，已將金蛟圈入劍圈之中。場中白虹飛旋如同銀蛇飛舞，金蛇手中兩支短劍儘管辛辣詭奇，卻不能衝出羅戟宏闊的劍幕，眼見即將落敗。

笁化笑道：「羅鬍子，你這孫兒不錯，劍式剛正，隱有一派宗主之風。」

羅公鼎哈哈道：「這還要你教誨！誰不知海南劍法潑辣奇詭。」

笁化一拍腦袋道：「嗯！我雖有一個疼愛的弟子，但是鄧舟驕傲過甚，心浮氣躁，未能得到我的真傳，好！我就收你這孫兒為徒，羅鬍子，你心疼嗎？」

羅公鼎道：「我年紀已大，不知何時會死，戟兒拜在你門下我也放心。」

這時，羅戟大喝一聲，身形迴旋如風，劍刃泛光，一連劈出六劍之多，迅捷如同電光掠空。

金蛟被這連環劍式所逼，一連退出三丈之外，還未能將對方劍式封住。

羅戟六劍劈出，倏地一頓，腳下飛出一足，直踢對方小腹。

他這一腿去得奇妙，金蛟劍式被困，身形未定，目光未能見到對方踢出的一腿。

「嗯！」

他悶哼一聲，被對方踢中小腹，身形飛起三丈，一跤跌倒在地，短劍脫手摔落於地。

羅戟方始收回劍式，金風刺耳，寒光閃現，三道劍光自不同之方位襲將過來，來勢迅捷，狠辣無比。

他臉色一變，劍回身外，一式「春蠶自縛」回劍自保。

「嗆！嗆！嗆！」

劍刃相觸，撞得他幾乎跌倒於地，那三劍一齊擊在他的劍幕之上，使他有些忍受不住。

一道人影似電掠空而來，竺化雙掌劃一大弧，圈迴雙臂，倒蹦而出，往羅戟身外圍去。

那三個小童眼見掌影千道，封住劍刃彈出。他們本可借羅戟身形不穩之際將他殺死，但是此刻竺化一式揮出，便將他們出劍封住，勁風沉猛，那三個小童直退五尺之外，嚇得臉色俱已變青。

百杖翁雙眼放光，沉聲喝道：「你們怎可暗中偷襲？」

滅神島主一敲金鑼，聲色俱厲地喝道：「你們給我回來！」

她冷峭地道：「誰叫你們替我丟醜？現在每人將左手小指切下！」

那三個小童臉色鐵青，默然地將左手小指伸出，右手持著短劍切下。

滅神島主寒聲道：「這是給你們一個警惕，現在將金蛟架下治傷！」

竺化一伸大拇指道：「島主不愧公正……。」

滅神島主道：「凡本島弟子，俱由本島島規處置，不勞竺翁煩心。」

竺化一愣，隨即哈哈一笑道：「那麼敝島也不派出弟子參加劍會了，讓崎石島派弟子吧。」

滅神島主沒想到風風光光地舉行一次劍會，卻因為各島勾心鬥角，因而攪得不像個樣。

她暗忖道：「娘得到那紫芝，要三十六天之修練，方能使臉容恢復，故而她那些相好都走個乾淨，因而島中實力驟然減弱。」

她腦中思潮洶湧，不可遏止，對著這海南劍派宗主竺化之言，不知要如何回答才好。

她心中怨恨起自己母親來，暗忖道：「娘！你已六十多歲了，還要什麼嬌容！說今天能出來，到現在又不來，害得我冒充你，不能用真面目見人。」

她想到此處，已聽見無情劍何平冷峻地道：「既然島主不答，那就表示默許，現在敝島由洪炳出場。」

竺化冷哼一聲，走回原位。

董文、董武圍了上來，道：「師父，為什麼……？」

竺化雙眼一瞪，叱道：「不要嚕嗦！」

崎石島的洪炳跨著大步走出來，他生得極為瘦小，看來只有十六、七歲大，但是步履穩重，目光炯炯。

羅戟舉劍肅立，氣沉丹田，沉聲道：「洪師兄請。」

洪炳雖是千鱗快劍洪鋒之弟，但是卻毫無一點驕傲之氣，他抽出長劍，劍訣斜飛，劍尖指天，說道：「羅兄請——」

羅戟一引劍式，自偏鋒攻出一劍。

洪炳不出一聲，長劍一翻，身形轉開，連施出兩劍，劍式快捷，冷風颼颼作響。

「鏘！鏘！」兩響，劍刃一觸即分，兩道人影分開。

羅戟旋開二丈，手持白冷劍，護住胸前，雙眼凝注於洪炳身上。

他們一觸，都知道對方厲害，故而慎重地收劍對立，不敢輕易出擊。

雙方對峙了約有半盞茶光景，洪炳低嘿一聲，身形疾射而出，直撲對方。

他大喝一聲，劍式擊出，如同風雷迸發，劍芒連閃，星光點點飛出，已攻出七劍之多。

羅戟移步轉身，劍式開展，宏闊無比，如長虹舒捲而去，沉穩地接下那一連七招劍式。

羅公鼎側首道：「那洪炳深得無情劍的真髓，狠，穩，劍式運行毫不停滯，真個不凡。」

百杖翁竺化看了看端坐的無情劍，道：「崎石島的劍術就是狠，毒，穩，不過這洪炳還沒具有何平那種不理外間一切事情，專心鑽研劍式的造詣，因此不可怕，只要將他開頭幾劍銳氣消磨，後面便好辦了。」

他目光一轉，失聲道：「呀！糟了，這下會變成兩敗俱傷。」

敢情羅戟因為洪炳狠猛地攻了七劍，他也激起怒氣，連還七劍，白虹嘯聲急響，劍式有如江潮洶湧，滾滾而去。

洪炳兩眼俱赤，大喝一聲，劍式疾射，拚命似地追擊而上。

雙方硬拚十劍，羅戟仗著手中劍刃鋒利，直逼得洪炳身形亂轉，幾乎沒有還手之機。

驀然之間，洪炳劍柄一横，劍尖斜刺而去，用劍柄撞向對方胸前「巨闕」

大穴，劍式詭奇莫測。

羅戟沒想到對方會突然攻出這樣怪絕的一劍，他微微一愣，劍柄已經撞將上來，快要觸及衣裳。

他不加考慮，大喝一聲，白冷劍直劈而出。

「噹！」洪炳手中長劍被對方寶劍削斷，劍刃直劈而下，已將他頭顱劈為兩半，叫都沒叫出來，便倒地死去。

他那撞出的劍柄雖然擊中羅戟胸前「巨闕」大穴，但是力道減弱不少，只撞得羅戟身形一晃。

羅戟眼見洪炳倒下，他也忍不住吐出一口鮮血，但他卻僅伸三指擦擦嘴角的血跡，便向滅神島主走去。

他臉色凝重，嚴肅冷漠地道：「請問島主，我是否還有對手？」

滅神島主搖了搖頭，沒有說什麼。

羅戟道：「那麼我該得到金雀碟了！」

滅神島主被羅戟那種無視死亡的勇氣所懾，她清楚看到羅戟胸前的「巨闕」大穴被劍柄擊中，而這「巨闕穴」為人身三十六死穴之一，中者必死。

她猶豫了一下，對無情劍道：「無情劍何……。」

無情劍何平站了起來，冷漠地道：「使劍者死於劍下是常事，他該得到金雀碟了！」

滅神島主沒想到無情劍真個如此無情，她微微一怔道：「這金碟就交與你。」

羅戟道：「我用此金碟要求島主你答應一事。」

他身形一晃，卻拄劍站穩，沉聲道：「我要你手上那枚寶戒！」

滅神島主猶豫地忖道：「我娘雖然在江湖上名聲不好，經常化名騙人，但是卻沒有說過什麼不能實現的話，真沒想到他一定要這戒指。」

她輕輕一笑道：「好！我就把這戒指交給你。」

她伸手揭開臉上的面紗，露出嬌豔的臉容，自指上脫下那枚紅火寶戒交與羅戟。

羅戟方一接過戒指，目光已被對方那熱熾溫柔的似水眼波所逼。

霎時之間，他血脈暴漲，熱血沸騰……。

「哇！」他吐出一口鮮血，一跤跌到地上。

羅公鼎白鬚飄拂，飛身躍來。

他接起羅戟喊道：「戟兒！戟兒！」

羅戟將手中紅火寶戒交給羅公鼎，顫聲道：「爺爺，帶回去給姐姐治病。」

羅公鼎老淚縱橫道：「好孩子，好孩子……。」

百杖翁竺化臉色凝重地將羅戟身上穴道封住，沉聲道：「羅鬍子，不要哭了，我海南有藥。」

他掏出一個小瓶，拔開瓶塞，倒出幾滴液汁，灌進羅戟嘴裡道：「等拖過五天，五天之後，我另外配藥給他！」

羅公鼎看了看手中的紅火寶戒，激動得說不出話來。

正當此時，兩道人影飛躍而來。

滅神島主一見來人，失聲呼道：「是你！」

「嘿！」金羽君喝道：「你才曉得是我？」

石砥中大喝道：「快將我紅火寶戒拿來！」

石砥中身如流雲，飛掠七尺，自外躍進棚內，他目光疾射，已瞥見滅神島主。

施韻珠欣喜地站了起來道：「砥中，石砥中……。」

石砥中微皺雙眉，道：「那東西已經拿到了！」

施韻珠道：「我還當你死了呢！沒想到你……。」

石砥中撇開她，朝滅神島主躍去，喝道：「我的紅火寶戒呢？」

滅神島主驚詫道：「那是你的？」

她看到施韻珠對石砥中那種親密的樣子，心中酸意冒出，臉色一沉道：「我怎知你紅火寶戒在哪裡？」

石砥中道：「明明是你拿的……。」

他已瞥見羅公鼎手拿那枚紅火寶戒，低喝一聲道：「原來你又轉贈與人！」

他腳下一移，朝羅公鼎行去，道：「拿來！」

羅公鼎臉色一變道：「什麼拿來？」

石砥中喝道：「紅火寶戒！」

羅公鼎冷笑一聲，道：「我用性命換來的東西，憑什麼給你？」

石砥中冷哼一聲，道：「你們都是一丘之貉，鄙劣之徒！」

羅公鼎怒喝道：「無知小輩，看我教訓你！」

他右掌一揮，劈出三掌，掌式相套，沉猛地朝石砥中劈去。

第十二章　無情一劍

石砥中自進島後即未曾吃過什麼東西，且又連遭大變，使得心神不得絲毫安寧，滿眼所見俱是血腥之事，故而殺氣極盛。

他冷哼一聲，左掌一勾一截，右手五指朝羅公鼎手中所拿的紅火寶戒抓去，去勢似電，迅捷無比。

羅公鼎沒想到這英俊年輕的石砥中，出掌如此之速，且又攻守俱佳，一式遞出便已封住自己出掌。

他心神一凜，回掌一劈，掌勁洶湧而出，狂飆自掌底升起疾撞而出。

石砥中左掌一沉，右手原式不變地抓住那紅火寶戒，他將身形一斜，便已避開對方劈到的掌風。

就在他右手快要抓住那枚紅火寶戒之際，竺化低喝一聲，揮掌如刀，一式

「海蝙朝陽」削出。

勁風急嘯直奔左臂，石砥中深吸口氣，上身挪開五寸，只好將右掌收回自保。

他掌式吞吐，便將竺化攻出的五式接下。

竺化見到自己一個剎那裡攻出的五掌，俱被對方未及回顧之際便已接下，真使他心頭大震。

他忖道：「除非七絕神君和二帝親來，有誰能不須面對，便接下我五掌？」

就在他忖思之際，石砥中已大喝一聲，朝羅公鼎追去。

百杖翁竺化不加考慮，大喝一聲，拔劍飛身，追擊而去。

他手中所持乃是一支長約四尺的竹劍，揮出之際，尖銳的劍風急嘯而起，層層劍浪洶湧澎湃。

石砥中身在空中，便覺身後風聲急銳，劍浪逼人。

他低嘿一聲，回空一旋，雲龍八式中的「飛龍落」之式使出，避開那急劈的一劍。

竺化落在地上，冷哼一聲，道：「原來是崑崙來的高手，怪不得如此狂妄！」

石砥中低喝一下，道：「我此來只是與滅神島主清算仇恨，希望你不必多管閒事。」

竺化仰天狂笑道：「我竺化也真沒見過如此狂妄的小輩。」

石砥中目光一斜，見羅公鼎將要走開，他大喝一聲，道：「現在讓你見見！」

他駢指運臂，有如長劍，攻出三式。

百杖翁竺化竹劍一立，眨眼之間，接下那迅捷攻到的三式。

他竹劍嗡嗡一響，被石砥中逼得幾乎立足不住，那如劍劃出的猿臂，絕不遜於真劍，威力毫不減低。

竺化臉色一變，也想不出崑崙何時有如此高強的劍法，竟然是由滑溜詭奇而至雄渾沉猛，三招劍式各不相同，卻又連貫一起。

他練劍數十年，真沒見到過有誰能同時將劍式運用如此奧妙的，不由心神一凜，凝神運劍。

石砥中也沒想到自己運用的摘自千毒郎君、七絕神君跟崑崙遊龍劍法中的三式，都不能逼退面前這其貌不揚的老頭。

他一愣之下，道：「老頭，你是誰？」

百杖翁竺化怪叫一聲，道：「小子，我是你爺爺！」

石砥中勃然大怒，身形一動，一道劍光閃爍而出，「將軍執戈」、「將軍盤嶽」，一連兩式，疾射而出。

竺化見自己這一罵，對方竟然拔劍出擊。眼前劍虹乍現，如同長江大河滔滔不停，劍式雄渾，劍氣逼人。

他身形一斜，竹劍斜劃，自偏鋒攻出四劍。

他的劍法乃是海南鎮派劍法「海蝙劍法」，盡用輕靈詭奇，辛辣毒絕為主，絕不自正面攻招，全是偏鋒出劍。

石砥中兩劍迭出，劍式宏闊，直達一丈寬廣，逼得竺化竹劍攻不進來，只有在四周迴繞出劍。

眨眼之間，竺化連出十六劍，雖然劍劍辛辣詭奇，卻只能攻出六尺，不能突入對方劍幕之內，氣得他哇哇怪叫。

石砥中冷哼一聲，道：「老猴子，你再不放手，我要殺人了！」

竺化怪叫道：「他媽的！」

他罵聲未了，已聽到一聲慘叫傳來。

斜眼一看，羅公鼎臉色鐵青，全身發抖，胸前插著兩枚金色的羽毛。

他倒吸一口氣道：「乖乖，金羽君來了！」

心神一懈之際，寒芒乍現，劍刃急轉，已切入他劍圈之內。

「哼！」

劍式如電劃過，他手中竹劍被截為四截，寒芒湧現，削過他胸前。

「呃——」他驚叫一聲，胸前沁出血水。

× × ×

光耀而閃爍的陽光，在眼前跳動著。

百杖翁笠化目光被逼，幾乎睜不開眼睛，他情不自禁地移開一點。

就在他身形稍一移動之際，寒芒輕嘯，已自空隙射進。

劍刃在陽光下，發出璀璨的霞光，掠空削下。

他心中一陣慌亂，移步退後，竹劍急轉……。

劍光連閃，他手中竹劍斷為數截，劍尖削過他的胸前。

「啊！」他哼叫一聲，跌出四尺以外。

石砥中運劍回身，目光沒在笠化身上停留，略一顧盼，他見到滅神島主已經向那紅色的大樓行去。

他輕哼一聲，移步飛躍，往紅樓追去。

就在他身形晃動之際，眼前人影一閃，冷風乍湧，已見寒芒閃爍，勢如奔電般射到身上。

他微微一凜，移步挪身，滴溜溜的一轉，長劍帶起一道光痕，飛射而去，急逾隕星，電射而出。

「鏘！」雙劍一擊，一點火花綻出。

石砥中身形微微一晃，幾乎立足不住，他心中不由一驚。

無情劍何平更為吃驚，他運聚渾身真氣擊出一劍，原是見到竺化危險，想以之阻止石砥中再下毒手。

他以為自己這一劍擊出，最低限度可以使那年輕人受傷，沒想到自己卻被對方劍上傳來的力道震得胸中氣血沸騰，長劍幾乎脫手飛去。

他直退七尺，方始遏止那迴旋翻滾的力道，立穩身子。

臉色迅捷地一轉，他很快便回復冷靜，肅然地凝望著手中的劍尖，沉氣挺立，漠然於四周的一切。

他練劍多年，知道眼前這個少年既能擊敗海南劍派宗主，且又能運劍如電，較之自己更為快捷，使他不敢絲毫輕視。

面對著何平，石砥中緩緩將劍尖收回，抱劍側身，他也嚴肅地望著冷漠無情的何平，一點都不敢懈怠。

石砥中眼芒閃處，瞥見金羽君已將那枚寶戒搜了出來……。

他目光斜走之際，何平低喝一聲，長劍悄無聲息地攻出三劍，劍式詭異，飄忽無痕。

石砥中長眉一軒，劍把一立，劍刃劃起一道寒芒，奪人眼目。

「噗！噗！噗！」三聲輕響中，石砥中雙目神光暴射，劍式破空運行，「將軍執戈」、「將軍射雁」，一連兩式電射而出。

他劍式展開，有似長江大河，滔滔不息，洶湧澎湃，還擊而去。

無情劍何平挺劍劃行，劍影飄飄，輕靈地翻騰於石砥中如海潮般的劍浪之中，毫不退縮。

石砥中目中射出炯炯神光，劍尖所指，又是連環擊出三劍。

劍上真力充沛，隱隱發出風雷之聲。

他見到何平劍術，乃是輕靈毒辣、飄忽為主，故而劍式所行，大開大闔，嚴正無比。

剎那之間，何平被石砥中這一連三劍，逼得無法立足，那一丈寬闊的劍虹，將他擋在丈外之處，不能前進一步，只能往後倒退不已。

石砥中自劍影之中，窺見金羽君已經不知去向，連施韻珠竟也不在棚內。

耳中突地傳來陣陣鼓樂之聲，細柔輕軟，但卻穿過劍風隱隱之聲，直貫耳膜。

他訝異地忖道：「怎麼那樓中還會出現這種絲竹樂聲？」

他思緒流轉，忽地想到一事，不禁暗叫一聲不妙，劍式一頓，喝道：

「住手！」

何平正在感到難以攻入那寬闊的劍影中，突地眼前光影一斂，那如潮的劍浪，竟撤得乾淨。

他微微一愣，愣然地望著石砥中，冷冷地問道：「你有什麼話說？」

石砥中道：「我此來是要與滅神島主算帳，並非與海外劍派結怨，希望你不要強加出頭！」

何平冷哼一聲，目光射出堅毅的目光，沉聲道：「閣下敢仗劍硬闖滅神島，即是輕視我海外劍派無人，本人忝為五島之一，豈能放任閣下如此橫行？」

石砥中眉頭一皺道：「我與滅神島主有殺父之仇，依江湖規矩，當……。」

他話沒說完，一個憤怒的聲音插上來道：「什麼江湖規矩不江湖規矩，我們不講這套！」

石砥中臉色一變，冷哼一聲道：「你沒有死呀！」

何平側首一看，見到海南島主竺化滿身纏著灰布，兩眼血絲滿布，充滿仇恨地盯著石砥中。

他心中一驚，問道：「竺翁，你的傷勢……？」

竺化狂笑道：「我老破竹一身經歷無數危難，從沒有被毛頭小子擊傷過，你想我甘心就此死掉？」

他揮舞著手中長劍，啞聲道：「小子，崑崙雖是中原四大劍派之一，但是並無這樣高明劍術，你究竟是什麼出身？」

石砥中道：「本人出身天山，而天山一門自滅神島主派人毀去後，已自江湖除名。」

他微微一頓，想到天山血流滿山的情形來，臉上殺意更濃，寒聲道：「我要將島上殺得血流成河，凡是誰干預我復仇的，便是我的仇人！」

他目光如劍，掃過竺化和何平的臉上。

石砥中斬釘截鐵地道：「是我仇人則以劍鋒殲之！絕不留情！」

竺化咧開血盆大口，道：「好狂妄的小子，你仗的是誰的勢？金羽君便能嚇唬住我？」

何平冷漠地道：「聽你的口氣，我可要將我的頭銜贈與你了！」

石砥中道：「話已說盡，是友是仇，端在你們決定！」

他深吸一口氣，回身便朝那紅樓走去。

就在他移步之際，竺化喝道：「且慢！」

石砥中緩緩回過頭來，道：「你有何話說？」

竺化道：「我已二十餘年未持長劍與人對敵，今日要與你一決生死！」

石砥中臉上浮起一絲淡淡的笑容，道：「你的確不是那種背後偷襲的宵小之輩，較之他好多了。」

竺化慘笑一聲道：「不管你怎麼說，我一定不會輕易放過你！」

何平冷哼一聲，道：「跟這種小輩囉嗦什麼？」

他身形一閃，劍刃劃開一個大弧，攻出三劍，劍影重疊，氣勢逼人。

石砥中默不作聲，長劍平身翻出，劍花三朵，銀光燦爛，朝何平擊來的長劍點去。

「叮！叮！叮！」

劍尖所指，統統擊中那攻來長劍的劍刃處。

何平手腕一顫，長劍盪了開去。

竺化雙眼俱赤，低吼一聲，滑步移身，自偏鋒攻出一劍，險辣狠毒，迅捷無比。

石砥中朗笑一聲，道：「你早該這樣了！」

他移步斜肩，避開那攻來的一劍。

何平一咬嘴唇，雙眉一軒，自側面迅速地躍了過來，剛好與竺化站成犄角之勢。

他輕喝一聲，長劍劃過半空，快捷似電地連進四劍。

竺化滿頭亂髮，一陣波動，他配合著何平進擊之勢，「大海眨眼」、「白鱗萬點」兩式相接，緊密地將石砥中後退之勢鎖住。

他們都是當今武林有名的劍派宗主，放眼中原四大劍派，也都無人能與之對峙百招外。

現在竟以兩大幫派之掌門人，合擊一個年僅二十的年輕人，若是傳出江湖，有誰能夠相信。

所以何平與竺化都明白，這次只要石砥中生還中原，那麼他們將永不能再出現江湖了。

這種為了名譽之事，簡直可說是孤注一擲，不能有絲毫放鬆。

他們用盡全力，劍式辛辣配合著滑溜，詭譎配合著狠毒，不容一絲空隙，直似銅牆鐵臂，圈住了石砥中。

石砥中長劍回擊，在兩人夾擊之中，變換了六套劍術，時而天山，時而崑崙，甚而千毒郎君的雙尺上的招式也都使了出來，卻都不能突出劍圈。

剎那之間，他們三人已經交鋒了二十招之多。

石砥中運用「將軍十二截」中的第六式，反覆使用，抵隙蹈險，猛攻穩守，沉著地在劍幕之下尋思著脫出之計。

要知若是普通武林人物合擊之時，每因步履與武功不能配合，而陷入紊亂局面，反而予人有可乘之機。

而這等絕頂高手，劍式運行之際，便能測知兩人的長短，而以己之長補人之短，劍式配合，互相銜接，威力之大，絕不僅是兩人功力之和，而更有甚之。

故而石砥中能在海南、崎石兩派劍術嚴密配合之際，抵擋過了二十招，使何平和竺化都不禁為之動容。

何平臉色鐵青，心知自己與竺化一向都是同來同往，故而劍式配合，連三君和四大神通都不敢小視。而眼前這二十來歲的英俊年輕人，卻有如此深沉的潛力與神妙莫測的劍術，真是他畢生所難見的。

他心念轉處，已見竺化怒吼一聲，猛攻數劍。

這數劍擊出，只聽劍氣「嗤嗤！」響起，劍光繚繞。

何平心中一驚，忖道：「他怎會不顧自己的生命，攻出這種猛烈的劍術？難道他真要與敵俱亡？」

不容他再思索，竺化那種有去無回、激烈剛猛的劍術，已將石砥中逼得向自己這邊退來。

他大喝一聲，上身挺立，長劍筆直射出，劍光突然大熾，劍式所行，真似大江瀉下，有去無回。

石砥中在這激烈的劍氣中，只覺心神大悸，恍如當日在大漠遭逢到幽靈大帝的幽靈騎士圍攻時的情景一樣，稍一差錯便是生死之別。

他低嘯一聲，左掌迴旋半匝，急劈而出，右手長劍斜引一圈，劍氣瀰然，「嗤嗤！」一聲大響。

陡然之間，「般若真氣」激旋而出，他滿頭長髮掙脫束髮的簪夾，根根高豎而起。

劍式行處，已迭出兩劍，「將軍托山」、「將軍撐天」。

他那劈出的般若真氣將兩人急衝而來的沉重力道，撐得緩了一緩，使那雙劍上傳出的劍氣受到一擊。

長劍滑過，一圈一行，頓時將那兩支擊到的長劍黏住。

輕煙一縷飄上，他手上劍鋒被那雙劍擦過，變得火熱，頓時之間，三柄長劍齊都變得通紅……。

「啊！」

一聲尖銳的女人叫聲，刺破長空傳了過來，

石砥中臉色陡然一變，手腕一震……。

「叭！」三柄長劍齊從劍刃中央斷去。

石砥中兩眼射出駭人神光，神色嚴肅地舉劍一送。

自長劍斷刃之處，一個光弧升起。

光弧乍閃即沒，何平已慘叫一聲，被他發出的「劍罡」擊得飛起丈餘，跌在兩丈開外。

石砥中臉色蒼白，遲緩地提起斷劍。

竺化大吼一聲，噴出一口鮮血，將劍舉起，拚命地一擲。

一道劍光射出，朝石砥中胸部射來。

石砥中身形一偏，想要讓過那支急射而來的長劍。

然而斷劍急射如電，已釘入他的左肩。

「呃！」他忍不住哼叫一聲，身形一個踉蹌，方始站穩。

竺化睜著血紅的雙眼，死盯著石砥中。

他胸前傷痕已經掙裂了，鮮血滲透外衣，一滴滴的落在麻石板上。

石砥中急驟喘了兩口氣，運起「將軍紀事」中所載之「瑜伽術」療傷回元之法，運轉真氣回行體內。

百杖翁竺化看看自己，突地放聲大笑起來，笑聲之中卻蘊含著無限悲憤淒涼。

石砥中長眉斜軒，怒喝道：「你笑什麼？」

竺化啞聲道：「我笑什麼？」

他茫然地將視線投在石砥中身上，突地又狂笑起來。

石砥中臉色蒼白，肩上仍然插著那支斷劍，他往前行了兩步，眼中射出兇狠的目光。

竺化笑聲未歇，石砥中怒喝一聲，斷劍一揮，寒光過處，帶起一片血水飛濺空中。

百杖翁竺化臉上的笑容凝聚了，他一條左臂飛起二丈，落在石板上，人卻像木雕泥塑似地呆立著。

石砥中閉上眼睛，輕嘆一口氣，回頭便往那紅樓躍去。

竺化整個身子立即仆倒於地。

第十三章　迷神大法

大廳之中，留下許多屍首，血水染遍麻石鋪就的地上。

那些屍體之上，都插著金光爍爍的長羽。

一陣微風吹過，帶來陣陣絲樂之聲，彷彿樓中歡樂正濃……。

石砥中跨進大廳，便見地上倒著許多屍首，每一具屍首之上，都插著一支金色的長羽。

他目光移處，便見竹簾之後，人影隱現，穿梭來往。

那悠揚的樂聲，此刻聽來更是醉人心腑。

他猶豫了一下，方始想到自己是因為聽到那聲尖銳的呼聲而來的。

石砥中深吸了口氣，運功催動體內真氣，飛快地運行一周，然後，飛身朝廳後撲將過去。

掀起竹簾，眼前一陣腥紅，使他雙眉一皺。

金羽君正自盤坐於那紅色的地氈之上，他的雙眼閉緊，滿頭汗珠湧現，臉色紅得像喝醉了酒似的。

他雙手握著幾根金羽，卻在微微顫抖，沒有將之射了出去。

在他四周，十個披著輕紗，赤著雙足的少女，正自曼歌輕舞，薄紗輕飄，真似雲間仙女……。

目光剛一凝視，他只覺熱血沸騰，心旌搖曳，不可遏止急速上升的慾念。

石砥中急驟地喘了兩口氣，便慌忙地退了出來。

剛在受傷之後，他感到自己也沒能力抵抗那種激動心神的輕歌妙舞，這使他臉色立時轉紅。

他深吸口氣，壓制住上騰的熱血，這個時候，他身上那支斷劍還沒拔出來，是以鮮血仍不斷從傷口溢出。

一陣驟痛使他全身顫抖了一下，他知道此刻縱然痛死，也不能將那深入左肩胛內的斷劍拔出，否則將因無藥遏止血液急速流出而死。

在這個刹那之間，他的思緒急轉，儘在籌思著要怎樣才能破去那迷魂勾魄的陣法……。

那是一種令人心神迷亂的陣法，不能依據他胸中所熟稔的擺陣之術破解，要在心神尚未被震懾前先設法破陣。

石砥中一連想了十幾個法子，依然不能想出怎樣才能破陣。

頭上汗珠湧現，他目光一斜，轉到右首一根雕著大龍的石柱之上。

他心中意念一動，跨步過去，一掌拍出，擊在那根石柱之上。

「砰——」

一聲巨響，石柱斷裂兩截，碎石飛濺，屋簷「格吱！」作響，掉下粉灰碎瓦，好似樓閣就要傾倒似的……。

石砥中身形一旋，斷劍急揮，那排竹簾被劍刃削得碎落地上。

他目光閃處已見到倚靠在朱欄之上的幾個奏樂吹簫的少女，都驚慌地望向這邊。

他大喝一聲，斷劍急射而出，一道閃光，便射中那捧著玉笙的少女。

「啊——」

斷劍穿胸而過，那少女被劍上力道一帶，翻出朱欄，直往外面跌去，慘叫之聲直墜海上。

石砥中牙根一咬，趁著絲樂稍頓之際，以迅雷不及掩耳之勢衝了進去，巨掌揮動，狂風旋激而起……。

那些披著輕紗的少女，正自隨著樂聲旋動之際，突然樂聲一歇，接著便是慘叫之聲傳入耳中。

她們神色一怔，已經見到一個滿身血汙、披頭散髮的人衝了進來。尤其那人身上還插著一支劍，直貫背後，真像是凶神自空而降，使得她們驚慌無比，幾乎忘了己身何在。

石砥中右掌連揮，指尖點處已閉住那些少女的穴道，掌風起處，將那些少女打得七零八落，跌倒於地。

他急喘兩口氣，身形閃處，又將另外四個捧著樂器的少女攔住。

他目中射出兇狠的光芒，殺氣騰於臉上，沉聲問道：「你們島主哪裡去了？」

那四個少女驚得呆住，望著他這副樣子，怔怔地說不出話來。

石砥中單掌一舉，狠聲道：「你們島主何在？老實的說來，否則我……。」

身後一聲輕響，他猛然翻身，只見金羽君莊鏞站了起來。

他收斂起戒備的敵意，微微一笑，道：「前輩好！」

金羽君擦了一把汗，臉色尷尬地道：「真沒想到十年來的潛修，還是不能抗拒這『迷陽之陣』。」

他話聲一頓，驚訝地道：「老弟！你受傷了？」

石砥中苦笑了一下，道：「這個倒沒什麼！只怕不知那丫頭逃到哪裡去了？」

金羽君驚嘆道：「老弟你命真長，劍刃穿過肩胛竟能不死。」

石砥中道：「我已經運氣閉住左肩的穴道，一時尚還無恙。」

金羽君臉色凝重地道：「我正好有藥在此，先替你將傷口敷好，然後再說。」

石砥中搖頭道：「我無關緊要，那滅神島主不能讓她逃了。」

他臉色一變道：「哦！還有那施韻珠，剛才我好似聽見她的叫聲，不知她到哪裡去了。」

金羽君道：「我剛才追趕她到紅樓時，曾見另一個美麗少女也追了進來，那時我惟恐那丫頭逃走，故而發出金羽將她擊傷。」

他自懷中掏出一個白色瓷瓶，倒出了一些粉末，道：「你忍著痛，我這就替你拔劍。」

石砥中點點頭，道：「後來怎樣呢？」

金羽君莊鏞臉色凝重，沒有說話，他右手握著那沒入石砥中肩胛的斷劍劍把，詳細地看了看受傷情形。

他「嗯！」了一聲，道：「老弟！我這藥粉是唐門秘傳傷藥，斷無絲毫痛楚。」

石砥中微微一笑，道：「這有什麼關係。」

金羽君趁石砥中說話之際，用力一拔，將斷劍拔出。

石砥中眉毛一皺，全身不由自主地一陣顫抖，一股驟痛使他幾乎忍不住要狂叫出來。

他不禁想起關公刮骨療傷之事來了，似乎在這時候，他才更能體會出痛苦的意義。

莊鏞將斷劍拔出，馬上將左掌上的藥粉掩了上去，很快地撕下衣襟，將傷患處包紮好。

石砥中目光在屋內巡視了一下，道：「那幾個奏樂的溜走了，我也沒有阻攔，剛才我是想到人世間恩怨糾葛，紛爭不已的事。」

金羽君嘆了口氣，道：「江湖中恩恩怨怨，又怎能防止得住？像我自滅神島逃出後，即流居鄉間，欲以塾師終老，誰知又會介入金戈之爭而重入滅神島。」

石砥中坐在椅子上，閉目沉思，只覺人間恩恩怨怨，紛爭永無歇止，一切的事都循環反覆，幾乎使他不能想出自己這次到島上來究竟為了什麼。

一時之間，思緒紛沓，心潮洶湧不已。

他重重地嘆了口氣，一掌劈下，擊在那大理石桌上，「喀嚓」一聲，將整個大桌擊得粉碎。

他立身而起，道：「我還是要去將那女的找出來！」

金羽君撫著長鬚道：「我金羽之上，有的塗有烈性毒藥，有的卻是沒有，剛才我發出金羽之際，忽然不忍心，所以發出的乃是無毒金羽，她尖叫了一聲，朝樓外躍去。」

石砥中問道：「施韻珠也就在那時追了過去？」

金羽君頷首道：「我是見到那個美麗的少女擎著長劍追了過去，當我追近這大樓時，就被這陣式所困，幸得我身上有奪自那老兒的戒指。」

他自懷中掏出戒指，交於石砥中，道：「這是你的紅火寶戒！真沒想到丹田真火能夠被誘導而出，抗拒搖搖欲飛的心神，真是寶物。」

石砥中接過戒指，目光呆凝地注視著紅光瀲灩的寶石上，眼前又湧出當時在大同城外，與東方萍共同抗禦四大神通的「天雷轟頂」劍陣時的情形。

明眸浮笑，雙頰嫣紅，性情柔弱的東方萍，為了他而面對中原四大神通，為了他而至於要發出「三劍司命」的絕技殺人……。

他知道她平時連螞蟻都不忍心踏死，善良無比，是個純潔可愛的女孩子。

剎那之間，他的思緒又轉向大漠，在那浩瀚的沙漠中，有著他思念的伊人……。

他真願此刻身長雙翼，越過大海，橫跨中原，直奔黃沙漫地、白雲飄空的瀚海大沙漠……。

「唉！」他輕嘆口氣，緊緊地握著紅火寶戒，然後緩緩地將戒指放在懷中的束腰包裹裡。

金羽君不知他在這短短的剎那裡，意念已飛越過千山萬水，他只覺得石砥中似乎非常落寞。

他咳了一聲，道：「老弟！你莫非是因為首次受挫於人而頹喪？」

石砥中淡淡一笑，道：「不是的，我好幾次都是死裡逃生，甚而明知絕望已將來臨，但是終能不死，而獲得生機。」

金羽君道：「你這樣想就好了，我就怕你因為沒吃過虧而易於灰心。」

他嚴肅地道：「我生平所遇之人何止千萬，卻從未見過你這種滿身都蘊含著神秘之人，這較之武林二帝，尤其過之，在十年之內，你石砥中之名必超越我們這些老不死的，而居武林之首，所以，我勸你好自為之，不要輕易鬆懈！」

石砥中微微一笑，兩眼仰視紅樓之頂，輕聲地道：「是的，我絕不能鬆懈！」

金羽君道：「希望能見到你重創西門熊那狂妄的老匹夫，那時……。」他話聲一頓，又道：「哦！我將傷藥給你，以備他日之需。」

石砥中呼了一口氣，道：「我會有機會與他相遇的！」

他將拳一舉道：「謝前輩傷藥，現在我必須先找到施韻珠。」

金羽君莊鏞道：「我陪你去找，他們可能還在附近！」

石砥中道：「剛才我曾看了一下這紅樓的情形，發現此樓像是依八卦之圖造成，門戶重疊，可能不只這裡一處，只不知為何沒有埋伏……？」

金羽君驚愕地道：「你還通曉機關埋伏、消息門派之學？真是奇才！」

他續道：「昔年何青媛那賤人曾化名潛行中原各處，招得許多奇人異士，這些樓宇可能是那些面首中擅於埋伏消息之人所建的。」

他又「嗯！」了一聲，詫異地道：「只不知為何今日沒見到那些面首來參與這什麼劍會……？」

石砥中沒有多想，走至牆壁邊，朝壁上的第二盞燈的鋼柄上拉了一下，然後又往上面一托。

只聽一陣輕響，牆上裂開一道狹門。

石砥中道：「這是這樓中的生門所在處，她恐怕已經進入裡面……。」

他說著，便朝洞裡走進去。

金羽君莊鏞也跟著石砥中走進那窄門裡。

梯階伸延開去，他們才走了兩級，便聽一陣輕響，身後的門便自動關了起來。

× × ×

石砥中看了一下兩壁中懸吊的燈盞，道：「剛才我們一踏上第二階梯，已經觸動機簧，將牆門又帶動回復原樣，前輩不用疑慮，前面一定有出路的。」

他們身形移動極快，轉眼便一直深入甬道之中。

一股潮溼之氣撲來，眼前兩條岔道分歧開去。

石砥中略一顧視，道：「前輩請向左邊去，這才是八卦陣中的生門所在，前面必然毫無阻擋，若是遇見滅神島主之女，則請前輩擒住她，然後在出口處等我。」

金羽君應了一聲，道：「你要小心點。」

話聲迴旋於甬道之中，石砥中點了點頭，便向右邊岔道躍去。

他知道這條岔道是八卦陣中的死門所在，若是整個樓設有機關，則此處必然藏有樞紐。

因為死門若是用來困敵，則門戶一旦封起來，便可置人於死地。故而他身形一落，便閉住呼吸，在黑暗之中窺視著，看看是否有人藏在這伸手不見五指的甬道裡。

石砥中目光如炬，那三天三夜在崑崙絕頂練就的夜間視物的奇能，此刻只要略一停頓，便可看到甬道中的情形。

他左臂插於腰帶之上，右掌輕附胸前，緩緩地往裡面邁進。

行走了約三丈之遠，看見地上橫著一柄長劍。

拿起長劍，他又繼續向前行去，走沒兩步，他看到幾條碎布落在牆沿。

他輕咬嘴唇，向前躍去，轉過兩個圈，地上竟有了不少白骨殘骸，還有的骨架端正，倒臥地上。

石砥中忖思道：「這些該是闖入紅樓之人，卻誤闖進死門之中，不能出去，以致於就此死去……。」

他疾行數步，便見到一個女人倒臥在骨骸堆上。

他蹲下身子，將那女人翻轉過來，發覺正是七仙島來的施韻珠。

她手上還緊緊握著一塊黑紗，雙目緊閉，嘴角溢著血。

石砥中微微皺著眉頭，單掌一搭施韻珠脈門，發現她脈搏跳得很是微弱，而且很不規律。

他抱起施韻珠往前行去。甬道突地敞開，一個鑄鐵大門堵住甬道底端。石砥中推開鐵門，發覺室內竟然光亮無比。光線驟然轉為強烈，使他眼睛一時睜不開來。

他閉了下眼睛，已聽見沉重的呼吸自身邊響起，指風數縷襲上身來，竟然犀利尖銳。

石砥中可以感覺出來指風雖強，卻是十分緩慢。他身形急旋，右掌斜揮，一式「目送飛鴻」，已迅捷地將那自身後偷襲的手掌擒住。

他睜眼一看，見到自己所擒住的，正是滅神島主之女。此刻，她滿頭長髮倒灑，臉上面紗已經除去，露出美麗清秀的臉孔，和那白玉似的頸項。

石砥中眼光掃過，已瞥見室內堆著許多鐵箱，和一張長桌，桌上灰塵很厚，似是很久都無人來此。

他目光移回她身上，發覺她臉色紅馥，竟然像喝醉了酒一樣，那迷人的眼睛，撩人心弦顫動不已……。

石砥中只覺心神搖曳，幾乎又不能自已。

他低喝一聲，收斂起搖晃不定的心神，沉聲道：「你又在搗什麼鬼？」

她卻仍然凝神注視著他，沒有說什麼。

石砥中心神一陣迷亂，幾乎要想摟她入懷。

他呸了一聲道：「你又在運用你那『迷神之法』了？」

石砥中右手一緊，厲聲道：「你聽到沒有？」

誰知他右手一搖，她身上那件杏黃色的長袍已滑落地上，露出她裡面貼身的衣服。

她身上仍然插著一支金羽，血水自傷口流出，將她衣服都浸溼了，而她的右邊衣裳，被劍刃劃開一道長痕，背後也被撕去了一大塊，露出雪白的肌膚。

石砥中一愕，她已嚶嚀一聲，埋首投入他的懷裡。

石砥中一陣慌亂，趕忙拾起那件長袍給她披上。

她伏在他胸前低聲飲泣著，抽搐不停的雙肩在他眼前顫動，那濃黑的長髮在他的鼻尖，陣陣幽香撲進鼻中……。

石砥中輕皺雙眉，道：「你叫什麼？你真是滅神島主的女兒？」

她抬起頭來，輕聲道：「我叫何小媛，至於誰是我的父母，我也不知道。」

石砥中見到她臉頰上沾濡著淚痕斑斑，真像一枝梨花帶春雨，嬌柔美麗，清馨芬芳。

剎那之間，他的心神震了一震，幾乎忘了身在何處？忘了自己所為何來？

美人的淚比她的笑更可愛。

一個有眼淚的微笑，是最明媚可人的——沒有露水的清晨算是什麼呢？那眼淚，由於那微笑，變得比微笑本身更珍貴……。

石砥中只覺自己實是太殘忍了，竟會對如此一個弱女子施以暴力，他放鬆了右手，說道：「你真的不知道誰是你父母？」

何小媛點了點頭，才待答覆，突地全身一顫，臉色一變，雙眉緊鎖，捧住胸口，「唉喲！」尖叫了一聲。

石砥中一驚，道：「什麼事？」

何小媛頭上汗珠滴下，顫聲道：「內傷和外傷，此刻都……」她語聲一頓，叫道：「還魂草！」

這三個字有如箭矢般射入石砥中的心裡，他突地跳了起來，說道：「什麼還魂草，你殺了我爹竟還敢……！」

然而何小媛已經暈了過去，沒有聽見他的話了。

石砥中望著何小媛仆倒地上，他怔怔地望著她那白玉如雪的背部，不知該如何是好。

好一會兒，他嘆了一口氣，自懷中掏出那採自鏡湖的「還魂草」結成的果實。

碧綠的果實，在他掌心滾動，好一會，他方始蹲下身去，將那顆還魂果放進她的嘴裡。

他目光掠過她肩上的金羽和那血汗，於是，他雙指點處，將她的「肩井穴」閉住，然後拔出金羽。

他把金羽君送給他的玉瓶拿出，倒出藥粉敷在何小媛肩上的傷口，再撕下衣襟包紮好。

解開「肩井穴」，他飛指點住她的「睡穴」，然後將長袍纏好，抱起她來，放在桌子之上。

他吁了口氣，投下最後一瞥，回頭朝鐵門外走去，重新步入甬道。

他忖道：「我也不知道我這是對還是錯？似乎我難以分辨這世間的恩怨……。」

善與惡，情與恨，恩與怨，本來就沒有一定準繩，誰能肯定它的分別呢？

眼前又恢復黑暗，石砥中仍然喃喃自語著，他的思緒纏結在恩怨之中，不能想出絕對的對與錯。

他走到施韻珠臥倒之處，他挾起她，飛躍於甬道中。

他的身影很快地消逝在黑暗裡……。

第十四章 冥空降術

海浪滔滔，強風吹得破帆獵獵作響。

碧空之中，白雲追逐飛翔，似天鳥翔空，轉眼便消失在茫茫的穹蒼裡。

船頭之上，石砥中與金羽君莊鏞並立，他們負手觀賞著海中波濤翻飛的美景。

海風吹起他們的襟裳，飄飄欲飛，直似圖畫中人。

金羽君莊鏞迎風深吸一口氣，側首道：「望著大海，真使人興起自我渺小的感覺，真個是滄海一粟……。」

石砥中應了一聲，沒有說什麼。

莊鏞道：「老弟，你還在想那煩人的恩怨問題？」

石砥中搖了搖頭，道：「我是想到一個人若學會了武功，是否終日都要生活在血腥與驚險中?難道學武是件不好的事?非要殺人不可?」

莊鏞一愣,仰首望著藍天,輕皺著眉頭,沉思了好一會,方始說道:「水能載舟,亦能覆舟,學武之人亦是如此,用於善則善,用於惡則惡……。」

他微微一頓,道:「至於說殺人之事,殺人不在於殺或不殺,而在於那被殺的人是否死有餘辜,如果說殺一人有利於百人,你又怎會認為不當呢?」

石砥中嘆了一口氣,道:「我依然不明白……。」

莊鏞也嘆了口氣,道:「人生原就是矛盾的,任何一件事都不是絕對的,善與惡之間,原就是很難加以分明的,誰能明確的分出善與惡,而一絲都不差?」

石砥中思緒想到天龍大帝,他忖道:「武林中認為天龍大帝代表正,幽靈大帝代表邪,其實正與邪又怎有明確的分野?」

莊鏞見石砥中沉思不語,繼續道:「做人做事端在各人自己心中是否先立有準繩,只要自己心中認為所做的事對,便放心去做,又何必管他人如何?大丈夫應有縱馬崑崙、濯足北海的豪氣,若為世俗所拘泥,又豈是真正的大丈夫?」

石砥中同意地點了點頭,一股豪邁之氣浮上臉頰,他揮動雙臂,道:「對,大丈夫應有頂天立地的氣概,豈能為區區小事所拘束?」

莊鏞道：「我自滅神島遭受挫折後，曾經蟄伏大同縣城，七年之中沒有離開城門一步，終日埋首於經典之中，因而我發現一事……。」

石砥中問道：「什麼事？」

莊鏞道：「你曾聽說君子與小人之分？我發覺這兩個名詞害人不淺，這世間有什麼人稱得上是君子？又有誰是小人？就因為這世界上有太多小人披著君子的外皮，以致於紛爭不已，其實人性之中善惡俱存，又豈能分出君子小人？」

石砥中尚是初次聽到這種言論，他想了一下，卻依然搞不清楚，不由得問道：「前輩，如你所言，這世界上就沒有君子與小人的分別了？那麼孔夫子所說之言，豈非……？」

莊鏞道：「我並不是說根本沒有君子與小人，而是說人絕對不能一輩子是君子，也不能一輩子是小人，任何事都是相對的，所謂君子與小人之論，純粹是騙人的！」

石砥中沉思了一下，方始豁然而悟。

海鷗展翅，自帆旁飛翔而過，海風中帶著濃濃的潮溼味道。

他們肅靜地站立船頭，沒有說什麼，也許是風力漸強，石砥中道：「前輩，回艙去吧！」

莊鏞點頭道：「你也該看看施姑娘去！」

石砥中道：「我已經替她將體內毒素除去，並且導使竄散的真氣歸於丹田，只要躺上四、五個時辰，她便能好了！」

莊鏞搖頭道：「我真羨慕你，到處遇到的都是這等絕色佳人，真是豔福不淺！」

石砥中臉色一紅，道：「前輩說笑了！我……。」

莊鏞見到石砥中那副窘相，哈哈大笑，道：「我是跟你鬧著玩的，別像個大姑娘！」

石砥中摸了摸臉，道：「我和施韻珠其實沒什麼！她的……。」

他倏地想到千毒郎君與自己所約定的諾言來，便是以施韻珠與他交換「還魂草」的果實，這使他神情登時一震。

他忖道：「我若是將還魂草的果實交與千毒郎君，施韻珠非要跟著我不可，我該怎麼辦？」

莊鏞沒想到石砥中心中所想之事，他說道：「老弟，我們來下棋如何？反正還有六個時辰方始能到岸。」

石砥中哦了一聲，側過頭去看了那船上掌舵人一眼，道：「能放心那掌舵人嗎？」

莊鏞道：「我敢保證他們不敢搗鬼，因為他們都害怕毒發身死。」

石砥中問道：「前輩，你給他們服了毒藥？」

金羽君莊鏞道：「我不是走的那條生門之路嗎？那出口處便是一個船塢，停了這麼一艘船，他們一見我去了，驚惶無比，船上有人持著兵器來，便被我以淬毒金羽射中身死，後來我靈機一動，每人身上都用無毒金羽刺了一下……。」

他又哈哈大笑道：「我告訴他們，只要不給解藥，他們四個時辰便會斃死，所以我命他們駕船，他們只得聽命……。」

石砥中笑道：「那麼前輩你給他們服過解藥了？」

莊鏞道：「就在你給施姑娘治傷之際，他們每人吃了一大碗海水。」

石砥中道：「難道他們不知道那碗是海水？」

莊鏞笑道：「我在裡面灑了一點麵粉，誰知道那是不是解藥。」

石砥中搖頭笑道：「這真叫兵不厭詐。」

莊鏞道：「江湖中各色各樣的人都有，各種騙術都有，你若是不能夠明瞭，將來會吃虧的，所以我現在告訴你，今後要小心點，有道是一失足成千古恨，再回頭已百年身，千萬慎重！切勿走錯一步！」

石砥中悚然道：「謝謝前輩教誨！」

莊鏞道；「我知道你對東方萍很好！須知她是個非常善良的女孩子，你千萬不要傷害到她。」

石砥中激動地道：「我不會的，前輩，你該相信我不是那種無情之人！」

莊鏞道：「我倒是怕你太有情了，以致於無意中傷害到她，所以提醒你注意！」

石砥中道：「我決不會傷害到萍萍，這次我到中原去，一定要趕赴大漠天龍谷，不管天龍大帝如何，我一定要見到萍萍。」

他們說話之間，已經跨入艙中。

莊鏞反手將艙門關好，揮手道：「你坐著。」

他凝望著石砥中那英俊的臉孔，和那堅毅而蘊含智慧的眸子，沉聲道：「約三十年前，我曾因機緣巧合，進入四川天下聞名的唐門中，本來唐門暗器天下無比，誰都知道那是傳子不傳女的，非唐姓子弟不得傳授，然而卻被我打破數十年來的陳規，第一個得到唐門真傳的暗器功夫。」

他臉色凝重道：「那時我挾技初出江湖，而東方剛還是一介書生，那時他因喜愛一個女子，而和四大神通結怨，那女子就是萍萍的母親，她也是四大神通的師妹……。」

「呃——」石砥中想到初遇四大神通時的事情來，他不禁恍然而悟。

金羽君莊鏞深深地注視了他一眼，繼續道：「那時東方剛遭到四大神通之暗算，幾乎死去，幸得我遇見了，連使出唐門十三種暗器方始打退四大神通，救了東方剛的性命。」

他端起茶壺倒了一杯茶，喝了下去，道：「自那次以後，我便沒見過他，直到了四年以後，我便聽到了青海海心山上的幽靈谷裡出了個絕藝超群的年輕人，那人叫西門熊，他以一劍、一斧，還有那套邪功，打遍大江南北，關裡關外，全無敵手！」

石砥中忖道：「原來西門熊與他們都是有關係的！」

他不禁全神貫注地聽著莊鏞述說這些武林中的往事。

莊鏞繼續道：「我那時年輕氣盛，趕著到關洛去會會這來自海心山的高手，誰知會面之下，我僅在他手下走了兩百招便敗了下來……。」

他說著，臉上閃過一絲痛苦之色，仰首望著艙頂，好一會方始道：「他那劍斧絕技，的確神妙無比，左劍右斧，一剛一柔，將我囊中暗器掃個精光，若非他那時大發狂言，說中原只要有人敵得過他兩百招以上，他便不殺那人，否則，決不會放過了我。」

他咳了一聲，道：「我自出江湖之後從未受挫，驟然之間真是心灰意懶，後來我終於振作勇氣，重新苦練暗器絕技，以致被我發明了『金羽飄渺』的絕技。」

石砥中肅然起敬，他曾眼見金羽君那一手金羽絕技，的是殺人易如反掌，神妙奇幻！

莊鏞繼續道：「待我重出江湖，西門熊已被一神秘高手以單劍擊敗，據八大門派高手目擊者後來傳出去，那西門熊在上黃山之時，被那自稱東方剛的年輕人遇見，因為東方剛向他提出挑戰，故西門熊在狂笑中應戰，誰知他起先僅以單劍與東方剛交鋒，後來卻一直居於劣境，這下他才收回那輕視之心，以劍斧絕技應敵，那場大戰真是使得黃山無光，草木變色……。」

莊鏞沉聲道：「後來，他們一直戰到千招之外，那西門熊方始敗了一招，恨恨地回到海心山，於是，東方剛的威名開始震撼天下。」

石砥中聽得津津有味，忙問道：「後來呢？」

莊鏞手撫著茶壺，悠然道：「我聽到打敗西門熊的是姓東方的，而且還叫東方剛，不由得覺得很是奇怪，我很不相信僅僅五年，一個文弱書生會變成擊敗代表邪門武功的絕頂高手，然而我們卻又沒有機會見面，直到那幽靈大帝西門熊二次來到中原，我方始見到了他。」

莊鏞頓了頓，道：「那是距東方剛擊敗西門熊後的第五年，我已成為江湖中有名的高手，那時柴倫和丁一平都各以奇功崛起江湖，而西門熊就在那年又來到中原，他首先碰到柴倫那怪人，在關外金氏牧場中，柴倫連戰西門熊七百餘招，終於敗下來，後來丁一平那毒物，曾指明了要與西門熊較量毒功，結果卻讓西門熊打得吐血而逃。」

石砥中心中暗自忖想當年西門熊挾藝重臨中原，那囂張狂妄的樣子，以及他重創七絕神君柴倫與千毒郎君丁一平的情形……。

莊鏞繼續說下去，道：「我在洛陽碰見東來的西門熊，那時我與他連拚四百餘招，已發覺他的技藝較之五年前不知精進了多少，於是當我被逼得將要落敗的一剎那，施出『金羽漫天』之技。」

他一咬嘴唇，恨恨道：「誰知那時西門熊已練成邪門無上大法『冥空降』施展開來，我根根金羽都化為無形，在我驚愕交加之際，我已被他的『冥空降』擊中，吐血昏死過去！」

石砥中冷哼了一聲，道：「我定要見識一下『冥空降』到底有什麼厲害！」

莊鏞肅容道：「你現在雖然可說是成為武林中唯一如此年輕的絕頂高手，但那西門熊一生只敗在東方剛手下三次，其餘任何人都不是他的敵手，而你目前功力較之武林九大宗派掌門都有甚之，已可追過三島四神通，與我們三個老不死的齊名，但較之二帝實在還差一大截，那幽靈大帝西門熊最是妒忌武林後起高手，若是遇見你，他一定非使你當場斃命不可！」

石砥中問道；「這又是為什麼呢？」

莊鏞道：「像你這麼年輕，便具有如此的武功，三、五年之後，天下二帝之名，還不是會落在你的後面，他怎會不趁現在就殺了你？」

石砥中哦了一聲，道：「像他這種年紀，武功再好，也受到了年齡的限制而不會再有增進，故而他怕我在這幾年裡勇猛精進，而趕過了他？」

莊鏞點了點頭，道：「就是這個道理！所以我勸你見到西門熊臉上發青，咆哮如熊，身子蹲下時，一定要飛快地逃走，因為那時，他就是預備施出邪門第一奇功『冥空降』了。」

石砥中點頭答允，他想到遇見天龍大帝施出「天龍大法」的奇功時，簡直無力抗拒便倒下去了，不由得心中大凜，惕然忖道：「天下之大，技藝武學之道，真是浩瀚無邊，有誰能無敵於天下？我希望我能修得更高絕技，超越二帝之上。」

莊鏞道：「你一定得聽我勸告，不要擋他鋒銳！」

石砥中道：「一定會聽從前輩之言。」

他問道：「不知那次昏倒後怎樣？」

莊鏞道：「我那時在昏迷之中，只覺狂風呼嘯，遍體生寒，當從昏迷中醒過來時，我眼見東方剛與西門熊的拚鬥。」

「那時也不知他們拚了多少招，但是雙方互相交手之際，真是怪招奇功層出不已，驚險重疊，高潮起伏，看得我的眼都花了。」

「直到後來，天色已漸漸黯淡之際，紅霞滿空，耀人眼目，他們依然沒有分出高低來。」

莊鏞凝眸沉思，道：「我眼見他們頭上都已沁出汗珠，卻依然沒有罷手之意，那西門熊好似急了，大吼一聲，退後了一丈，身形一蹲，雙掌提起，悶吼一下，像一隻熊般地一撲！我知道他已施出『冥空降』了，頓時狂風捲得草木偃服，沙石飛捲而起，漫天遍灑……。」

石砥中聽他說得緊張，兩眼睜大注視著金羽君。

莊鏞聲音提高，興奮地道：「就在那時，東方剛大袖一揮，三道白光閃過空中，發出尖銳的嘯聲，急逾奔電地朝西門熊射去……。」

石砥中失聲道：「三劍司命！」

莊鏞吁了一口氣，道：「正是三劍司命！」

他揮動了一下手，道：「西門熊一見那三柄小劍，竟能穿過他發出的『冥空降』，不由臉色一變，他身形挪移之際，那三柄小劍已釘在他身上。」

石砥中曾經親身嘗試到東方剛發出三劍司命絕技，若非東方萍制止的話，他就得當場死於短劍之下。故而他深知三劍司命的厲害，忙問道：「西門熊難道沒有死？」

莊鏞道：「東方剛曾說過，他當時是顧念西門熊一身絕藝不容易，另一方面則是由於西門嫘的關係，所以沒殺了西門熊……。」

「西門嫘？」石砥中詫異地問道：「西門嫘是誰？」

莊鏞道：「西門嫘是幽靈大帝的姐姐，昔年江湖上有名的女煞星，她有個綽號叫做羅剎飛虹，武藝較之我來說，不會差上好遠，你碰上她時要小心，她對你很是憤恨，曾揚言要殺了你。」

石砥中睜大眼睛道：「她要殺了我幹什麼？我與她又有何仇？」

金羽君莊鏞道：「她現在是天龍谷的半個主人，從東方萍小時候，便將她撫養至今，她大概想要把東方萍許給西門熊的寶貝兒子，當然要怪你到天龍谷攪局去了。」

石砥中雙眉一軒道：「我碰到她時，一定要鬥鬥她！」

金羽君道：「我所以要費這麼多唇舌，就是要你知道我與東方剛的關係，因為西門熊僅有一個兒子和一個女兒，所以寶貝得要命，若是他兒子硬要娶東方萍的話，他一定會屈首求親的，有西門嫘的幫助，是很有可能成功的。」

石砥中想到在大漠遇見西門錡的情形，不由恨恨地道：「我碰到西門錡時，非殺了他不成！」

金羽君笑道：「他碰到你時，也想要殺了你呀！」

他撫著長髯道：「我為了感謝你兩次救了我的命，所以決定幫你達到這個願望，我所以要告訴你那麼多武林舊事，就是要你相信我能幫忙你！現在我問你，你不願萍萍被別人奪去吧？」

石砥中點頭道：「任何人都不能搶走她！」

金羽君道：「我知道你們雙方互相愛戀，一方面鑑於東方剛昔年與我的交情，不願他有西門熊那樣一個親家，另一方面則由於我對你的虧欠，我向來不欠人情，沒想到兩次都受到你的援救。」

他伸手到懷中，掏出一塊灰綠色的玉石來，肅容道：「這是三十年前，東方剛猶為秀士時，頭巾上的一塊鑲玉，當時我救了他的命，他以這個贈我，曾說憑著這塊玉，他會答應我任何要求，現在我交給你，作為你到天龍谷提親之用。」

石砥中愕然地注視著金羽君，一時不知說些什麼話好，只得接過那塊玉石。

金羽君瀟灑地道：「江湖上風雲變幻，每每不能不施以詭計，方始能不受傷害，你初出江湖，縱然技藝高明，也有上當的時候，所以我不但要將江湖切口告訴你，還要傳授你我獨門絕技『金羽漫天』的暗器功夫。」

石砥中大驚道：「這個如何使得？」

金羽君道：「這有什麼不行？這金羽之技是我自創的，又並非唐門的暗器功夫，難道你嫌它太差了嗎？」

石砥中驚道：「絕對不能這樣！前輩對我已經太好了，我無以回報，現在又要……。」

金羽君揮手道：「你不要這樣，我看你既通曉柴倫之技，又會丁一平的『陰陽雙尺』上的招術，難道我的絕技都不在你眼中嗎？」

石砥中道：「不！絕對不是這樣，晚輩所會的七絕神君和千毒郎君的招式，原是偷學而來的，並不是他們傳授給我的。」

金羽君一怔道：「什麼偷學的？這話怎講？」

石砥中將當日在崑崙之時，七絕神君與千毒郎君會面的情形說了出來。

金羽君哦了一聲，道：「原來你是崑崙弟子，崑崙真不容易，得到如此優異的弟子！」

石砥中想要說出自己並不徹底是崑崙弟子，而實際上是天山掌門，卻又想到那金戈玉戟與大漠鵬城的事。他知道這攸關於他自己生命的安全，因為只要有一點的消息傳出，他將會遇到一切會武功的人來騷擾，以致於流血不斷……。

所以他點頭道：「晚輩還是現在掌門的師弟，實屬崑崙弟子之一。」

金羽君道：「我又不要做你師父，其實我也無能做你師父，我只要你增加一項防身技能而已，希望將來你面對西門熊時，能有所裨益，你非答應不可。」

石砥中見金羽君意志非常堅決，他只得答應，道：「好！晚輩一定遵從前輩之言。」

金羽君手腕一抖，一枚金羽飛出，插在桌上。

他說道：「我這金羽是用金子摻雜著其他金屬做成的一種合金，在嶺南冶劍空空子爐提煉出來的五十合金，每枚四兩重，羽尾到尖刃共長七寸，因為羽毛飛出，會因為風力而旋轉，所以我這金羽能自動隨人移動身形發出的風力旋轉，以至令人防不勝防，現在我教你怎樣持著金羽，怎樣發出。」

風帆依然獵獵作響！

船身破浪前進。

時間在浪花裡消逝……

×　　×　　×

自窗外透進來的光線漸漸黯了，金羽君臉上的笑容漸漸濃了。

他讚許道：「沒想到你如此聰敏，這等『金羽漫天』之技，較之唐門原有的『滿天花雨』還要困難十分，你竟在短短三個時辰中能學得如此純熟，真不簡單。」

石砥中擦了擦汗，道：「前輩這種手法真是奧妙，天下暗器功夫可算前輩你第一了。」

金羽君哈哈笑道：「天龍大帝那種三劍司命之技，已屬一種御劍殺人的階段，不能算是暗器，除此之外，大概還沒人能以暗器功夫超過我的。」

金羽君話聲突地一頓，臉色變幻之際，三枚金羽斜飛而出。

石砥中喝道：「什麼人？」

金羽君已隨著發出的金羽，朝艙外躍去。

「呵呵——」

一聲淺笑，人影晃動，金羽二枚已穿窗而出。

石砥中身形疾旋，也自窗口躍出。

他看到千毒郎君手持陰陽雙尺，揮動之際，已將金羽君發出的金羽擋下落在艙板上，他陰陰一笑，道：「窮酸，好久不見，一見面倒想要了我的命！」

金羽君罵道：「老毒物！你怎地又跑到這船上來？」

千毒郎君兩眼一瞪，道：「怎麼？近十年不見，連來看看你都不行？咄！看我的『雙龍破雲』！」

他一轉身子，雙尺帶起嘯聲，朝金羽君砸到。

金羽君雙掌揮動，迅捷無倫地連出兩招，接下了千毒郎君丁一平的兩下鋼尺。

他罵道：「老毒物，去你的『雙龍破雲』，看我的『洪福齊天』。」

他迭身進掌，連攻四掌，狂風旋激，急撞而去。

千毒郎君冷哼了一聲，雙尺一分，飛快地也攻了四招，凌厲狠辣，詭絕滑溜。

兩道人影倏合便分，金羽君莊鏞道：「老毒物，你真的沒將功夫擱下，不簡單啊！」

千毒郎君丁一平飄身站在船舷處，冷哼一聲道：「窮酸，你也沒將功夫擱下呀！十年沒見還是這種儒雅的樣子，這才不簡單呢！」

金羽君哈哈笑道：「你捧我，我捧你，倒沒讓別人笑話來著！」

丁一平眼光投至石砥中身上，問道：「你怎會跟金羽君一道？韻珠厄？」

石砥中道：「她被滅神島主之女所傷，現正在艙中，不知醒了沒有。」

丁一平驚道：「傷了？有沒有關係？」

石砥中見丁一平焦急的樣子，不由想到金羽君跟他說的善惡很難分野之事，似乎在這個剎那，他看到丁一平比較有人性的一面。

他搖頭道：「沒有關係的，待一會兒便能好！」

金羽君莊鏞愕然道：「原來施韻珠就是你的外甥女？怪不得我老是覺得面熟，硬像是哪裡見過面似的！」

丁一平呵呵笑道：「你這臭窮酸哪來這麼多嚕嗦的？十年前我們大醉之際，她們姐妹倆不是拿酒來嗎？那時你說要賞她個東西，到現在也沒有實現。」

金羽君驚愕地望著石砥中，他一時之間想到了石砥中與自己所言的施韻珠之事，不由暗自嘆息，道：「老毒物也不說明他有這個叫施韻珠的外甥女，看樣子他是想要石砥中做外甥女婿的，剛才我倒拚命地讓他們疏遠，若是被老毒物知道了，我還對得起朋友嗎？」

丁一平道：「到我船上去，我們好開懷痛飲，順便談談你這十年來到底上哪兒去了。」

莊鏞道：「這個……！」

丁一平道：「什麼這個那個的，我老毒物再毒也不會毒死你呀！走！少廢話。」

莊鏞猶豫地道：「這個，我……。」

丁一平一瞪雙眼，怒道：「什麼這個！你再說下去，我跟你拚了！」

莊鏞笑道：「好！好！我去我去，這下行了吧？」

丁一平道：「你敢不去，我就到處揭你的底！」

莊鏞皺眉道：「你這全都是在威脅，好，我就算怕了你！」

丁一平道：「石砥中，你也來吧！」

石砥中從他倆對話中看出兩人交情非淺，他猶豫了一下，道：「我不去，我要趕到中原去辦事。」

丁一平眉頭一皺，道：「我船上有美酒可喝，你為什麼不來？真的有事？」

「我的確有事。」他伸手進懷中，掏出玉瓶，自裡面倒出兩顆「還魂草」的果實，道：「這是兩顆果實，你拿去吧！」

丁一平毫不客氣地接了過來，一仰首，便吞了下去，他吁了口氣道：「石砥中，你何時與我外甥女成親？」

石砥中一愣，道：「什麼成親？」

丁一平道：「我不是與你說好，你若將還魂草果實取到，我便將韻珠給你嗎？」

石砥中臉色一變，道：「我可沒有說過以還魂草果實與你交換條件。」

丁一平臉色也是一變，陰陰道：「你以為韻珠配不上你嗎？」

石砥中道：「我根本沒答應。」

丁一平怒吼一聲，雙掌急拍，迅捷凌厲地攻向石砥中，似乎想要置他於死地，一點都不留情。

石砥中腳下一挪，騰身讓開這急攻而到的雙掌。

丁一平冷哼一聲，掌緣一帶，一股腥氣旋激而起，掌風洶湧擊到。

石砥中長眉一挑，怒喝道：「你幹什麼？」

丁一平掌力一吐，喝道：「我要你的命！」

石砥中大怒，右臂直伸，高高舉起，左掌虛虛一按，身如飛絮，平空騰起三丈多高。

他輕哼一聲，右掌直劈而下，「將軍揮戈」力道沉猛，有似泰山壓將下來，招式卻又迅急無比。

丁一平悚然一驚，道：「這小子真邪門，每隔一段時間不見，武功便增加一分，這種怪招他竟能使得如此沉猛。」

這個念頭有似電光掠過，他身形一晃，移開二丈，一招「矢指蒼天」劃將出去。

「砰！砰！」

兩聲悶響，石砥中掌勁剛好擊中丁一平攻出的雙掌，他身形騰起兩丈，飄身落在桅桿之上。

丁一平因為站立在船板上，只見他身形一陣搖晃，「喀嚓」一聲，雙足已深陷船板裡，那自對方掌上傳來的沉猛力道將腳下木板一齊震裂。

他一跤跌入艙底，怒火沸騰地跳躍而出。

金羽君莊鏞不知道石砥中為何內力突然強得使自己都不相信，竟然把丁一平都打得跌倒。他感到糾紛馬上便起，連忙攔住了丁一平，道：「老毒物，你幹什麼？跟一個小輩拚命值得嗎？」

丁一平冷哼一聲，道：「小輩？再等兩年，我們這些老輩都該受他的氣了。」

莊鏞正色道：「我可保證他有事非要到大漠去，你別瞎吵好吧？」

丁一平狠狠地看了石砥中一眼，道：「你將事情辦完，非回七仙島不可！否則我與你沒完的。」

石砥中哼了一聲，沒有說什麼。

突地——

一聲痛苦的哭聲由船艙裡傳出來，施韻珠急衝而出，朝靠在船舷旁的綠色大船撲去。

丁一平一愣，忙叫道：「韻珠……」

他躍過去，衝進自己船中。

莊鏞鬆了一口氣，道：「砥中，你好自為之，我會穩住他們。」

他大袖一拂，也往那艘綠船躍去。

石砥中怔了一下，嘆了口氣，自言自語道：「我實在不能接受你的感情啊！」

他目光一掃，高聲喝道：「開船！」

大船行駛於海中，漸漸將那艘綠船拋在後面。

石砥中望著遠去的綠船，輕聲道：「讓一切不該想的都拋在後面吧！展望那未來的新希望！」

新月向海面升起，月華淡淡灑在海上……。

夜幕低垂了……。

第十五章 萍水相逢

初冬，江南雖僅看到白霜的影子，但是在長江以北，卻已經下雪了。

雪花飄落，像飛絮滿空……。

越往北走，雪層愈厚，放眼看去，盡是白茫茫的一片。到處都是瓊瑤玉樹，琳琅滿目……。

在洛陽往北的一條官道上，早已因為大雪的關係，沒有人影出現，雪白的一片，像是蓋了一層大地毯，沒有一點印痕。

寒風呼嘯而過，帶起片片的飛雪，寂寞地穿行在空際。

將近中午，炊煙自每個煙囪冒出，在寒風下，很快地又消失在雪野裡。

城裡有馬車緩緩馳過，在雪上留下兩條深深的轍印，有人往酒樓裡跑，街道上不再像上午一樣冷清。

這時，那高高的城牆外，急馳來一人一騎，雪花飄落在那人身上，他戴著一頂大氈帽，身披厚裘，銀灰色的貂皮披肩在閃閃發著光，比那飄下的雪花還要白了幾分。

他胯下那匹馬卻像火焰似的，赤紅似血，在雪地上急馳，就像那一朵鮮豔的火花，在跳躍閃爍著。

飛騎越過寬闊的雪野，僅留下淺淺的痕跡。

雪地上蹄印兩行，愈來愈近，很快地便穿過城門，進入洛陽城裡。

「嘿！」

石砥中一聲輕喝，那匹赤兔汗血寶馬霎時便停在街道之上，他掀下披在肩上的貂皮披肩，朝右側一棟樓房行去。

那棟樓房高有兩丈，較其他房屋高出一倍有餘，門檻之上掃得乾乾淨淨的，大門上頭掛著一個大匾，非常醒目。

「太白居！」

石砥中仰望了下那金字大匾，輕輕唸了一聲。

「嘿！客官請進來，喝杯酒暖暖，這麼冷的天，趕路也真不好受……。」

石砥中聞聲一看，見到一個店夥計正朝自己堆著笑臉招呼著。

他嗯了一聲，問道：「你這兒好像除了喝酒，還有客房？」

那夥計一拍手道：「對！我們這太白居遠近三百里都知道，是洛陽城裡第一大店，招牌老，酒菜好，照應又周到，所以……。」

石砥中見這夥計鼻子凍得通紅，說話之際，一股股白氣自嘴裡冒了出來，雙手又在不住地搓著，模樣很是滑稽。

他淡淡一笑，道：「你這兒可有上等客房？」

那夥計搓著手，高興地道：「客官你要住宿，本店有全洛陽城最好的上等客房。」

石砥中下得馬來，輕輕拍了拍汗血寶馬一下，說道：「你們馬槽在哪裡？我要帶馬去休息。」

那夥計愕然問道：「客官，您說您親自帶馬去？」

他呵呵一笑道：「這個不用您老煩心，小的自會帶去。」

石砥中伸手一抖身上銀裘，說道：「你替我暖一壺酒放在房裡，再炒幾樣菜，哦！最好來個涮羊肉，替我送到房裡去。」

那夥計看到石砥中身著銀裘，心裡暗自咋舌，曉得可能又是一個富家公子，眼見又有肥水可得。他不住頷首道：「是！是！公子爺，小的這就替您準備好！」

石砥中掏出一塊碎銀，道：「這些付房錢飯錢，餘下的都賞給你！」

那夥計接過銀子，略一忖量，便估計出自己可以撈個三兩銀子以上，他忙道：「謝謝公子賞賜，小的一定會照辦。」

石砥中見那夥計興高采烈地要向屋裡走去，忙道：「喂！你還沒有告訴我馬廄在哪呢！」

「哦！」那夥計一拍腦門，道：「小的該死，喏！馬廄就在店後，從那側門進去……。」

石砥中見到一幢圍牆旁開了一個寬門，點頭道：「我知道了，你去吧！」

那夥計堆著笑臉道：「公子爺！你何必要親自……。」

他話聲未了，突地驚叫道：「公子爺，你的馬出血了！」

敢情那汗血寶馬因為長途跋涉，此刻稍一歇息，汗水流出，滴落雪地上，殷紅似血，有如點點紅花開放在雪地。

石砥中見這夥計嚕嗦不停，不由得皺眉叱道：「不要嚕嗦，快去替我拿一壺酒來！」

那夥計連連點頭，望了望石砥中，聳聳肩，朝店裡飛奔而去。

石砥中牽著馬朝院子裡去，進了門，便看到一列長長的草棚。

草棚上蓋滿了雪，一條條的冰柱，自棚沿垂了下來，被陽光一照，晶瑩奪目，美麗無比。

棚裡沒有幾匹馬，連放在空地上的水槽都凝成冰塊了，那些馬也都瑟縮在棚裡，動都沒動一下。

他剛將汗血寶馬牽進第二個草棚裡，便見那夥計手捧一壺酒，飛奔而來，他揮了揮手，道：「公子爺，酒來了，您就在這裡喝呀？」

石砥中沒說什麼，接過酒壺，掀開蓋子，朝著汗血寶馬道：「大紅，你喝吧！」

他將酒倒進馬嘴之中，然後手持汗巾，替汗血寶馬擦拭著。

那條潔白的手巾，很快便變成通紅，這直把那夥計看得愣住了，瞪大了眼，愕然地注視著石砥中。

突地——

一陣鈴聲急速傳來，蹄聲密接，恍如數十騎疾馳而過。

那夥計驚醒過來，朝門外一望，已見到一輛黑色車轅，金色描花窗櫺的馬車停在店門口。

那馬車來得急速，突地一停，四匹馬都飛揚雙蹄，人立而起。長嘶聲中，蹄聲驟然停住。

三個大漢跳下馬來，朝太白居行去。

那夥計趕忙飛奔而去招攬生意，忘記了想要問問石砥中，為何馬上會出紅汗，而且還要喝酒。

石砥中擦好了馬，輕輕摩挲著那長長的鬃毛，說道：「大紅，你休息吧！這幾天把你趕累了。」

「哈哈！」一個突如其來的狂笑自他身後傳來。

石砥中理都沒理，提起鞍子，回過頭向大門行去。

三個中年大漢站在門口，其中那身形最高的一個望著石砥中，對另外兩人道：「我還道是畜牲對畜牲說話呢！原來是人在對畜牲說話，看來中原的怪人也真不少！」

石砥中斜睨一眼，瞥了眼那三個大漢，默默地向大門行去。

那三個大漢衝著他齜牙咧嘴的一陣狂笑，狂妄地指著石砥中的身影，道：「這小子穿得一身好衣裳，骨頭卻軟得像泥團似的，真他媽的！」

其中一人突地道：「喂，你看那匹馬！」

他聲音興奮地道：「那是西域大宛國所產的汗血寶馬，千里駒中的千里駒！」

「哦！就是那小子在跟這馬說話，喂！」

石砥中把這些話都聽了進去，他暗自忖道：「只要你們敢再打我大紅的主意，我便不能再忍耐了！」

他理都沒理那大漢的叫喊，儘自往前走去。

「喂！」

一個大漢飛奔過來，道：「那匹紅馬可是你的？」

石砥中緩緩回過身道：「是的！怎麼樣？」

那大漢笑道：「你的馬賣不賣？」

石砥中搖搖頭，沒有作聲。

那大漢道：「我給你三百兩銀子，你賣不賣？」

石砥中瞧了瞧那大漢，放聲狂笑道：「哈哈！三百兩銀子……。」

那大漢雙眉一豎，道：「你笑什麼？」

石砥中笑容一斂，道：「不賣！三萬兩銀子也不賣！」

那大漢勃然大怒，道：「嘿！你他媽的膽子也真不小，敢對我橫江槌孫虎如此，你沒看看我是誰？」

石砥中冷冷望了孫虎一眼，冷哼一聲，道：「管你是誰，我不賣就不賣！」

孫虎雙眉倒豎，眼似銅鈴，怒喝道：「他媽的，你不賣可以，老子不買了，老子就是定要你的馬！」

石砥中冷哼道：「你眼睛睜亮點，這是中原地域，可不是你那山裡頭！」

孫虎一愣，道：「你怎麼知道我是從海心山來的？」

石砥中還沒有說話，一聲嬌喝道：「孫虎，你敢亂講，看小姐不抽掉你的筋！」

孫虎臉色一變，陡然之間，威風盡失，堆著笑臉道：「翠玉姑娘，你別在小姐面前揭我們的短好吧！」

「哼！」一聲俏皮的嬌哼，使得石砥中也側過頭去。

他看到一個全身翠綠，頭戴皮帽，手拿著斗篷的女孩子，站在大門口，朝這邊噘著嘴。

他臉色稍霽，朝孫虎道：「記住，這是中原地界，不是你們能橫行的地方，今天且饒過你這一遭。」

孫虎怒目瞪視道：「他媽的，你敢對來自海心山幽靈宮的人說……。」

他話未說完，石砥中目中神光大熾，怒喝道：「你竟敢又辱及我先人。」

他右掌一揮，迅捷無比地抽了那大漢兩耳括子。

「叭！叭！」兩聲，孫虎臉孔立刻變為通紅。

他狂吼一聲，雙掌急擂，帶起風聲向石砥中胸前擊到。

石砥中身形一旋，自孫虎雙掌的空隙中閃開，他單指一伸，迅捷地點上對方「啞穴」。

頓時之間，孫虎張大著嘴，瞪大著眼，俯身跌倒，趴在雪地上。

另外兩個大漢驚詫地看到石砥中在這一電光石火似的剎那裡，便已將橫江槌孫虎打倒，不由得呆住了。

石砥中手指伸出之際，原是要以截脈之法，使孫虎受盡經脈收縮之苦。但是陡然間，他想到了當日自己身受重傷，在弱水邊，見到斷日鉤吳斧的情形來。

若非吳斧將那本「將軍紀事」扔過弱水，他便無法仗著裡面所載的方法療傷復原，也許早就死了……。

他身形一定，望著那兩個呆立的大漢，沉聲道：「像你等僅是幽靈大帝手下十二巡查使，不要如此猖狂。」

「哼，好大的口氣！」

那叫做翠玉的姑娘，腳下有如行雲流水飛躍而來。

她撇著嘴，站在石砥中面前，問道：「喂，你是誰？」

石砥中淡然一笑道：「在下江湖無名小卒，又何勞姑娘過問。」

翠玉姑娘氣得一頓腳，身如旋風，一個大翻身，躍到石砥中面前，攔住了他的去路。

她冷哼一聲道：「你把氈帽拿下來，讓我看看你到底是不是青面獠牙、三頭六臂，哼！好大的膽子！」

石砥中微微一笑，未及說話，身後勁風颯然，急速撞到。

他雙眉一斜，一掀氈帽，反臂揮出，勁道聚於氈帽之上，有似鐵臂壓下。

那兩個大漢被這狂勁的力道，逼得不能攻進一式，只得退後數步。

石砥中頭都沒回，卻好似眼見一般。

他瀟灑地一笑，說道：「你看我是青面獠牙？夜叉似的？」

那叫翠玉的姑娘好像沒想到眼前這身懷絕藝的人，竟會如此年輕，而且長得如此英俊。

那明朗可愛的笑容，使得她心裡一慌，說不出話來。

石砥中露出潔白的牙齒，笑道：「你可以讓一下路嗎？我還沒吃飯呢！」

翠玉姑娘點了點頭，讓過一旁。

石砥中摸了摸落在頭上的雪片，又重新戴上氈帽，然後走出門外，朝太白居行去。

那翠玉姑娘輕掩著不停起伏的胸脯，她已可感覺到自己那怦然跳動的心，正好像小鹿一樣……。

她臉色紅暈地望著石砥中踏上太白居的石階，方始驚醒過來，喊道：

「喂！你叫什麼？」

×　×　×

石砥中踏上石階，脫下氈帽，抖了一下身上的雪片，才走進太白居。

左邊的櫃檯，連著樓梯，樓梯口貼著兩張紅紙條。

他知道那樓上就是喝酒之處，而樓下一定是供人住宿的。

店內鬧哄哄的，似乎正忙著什麼，竟沒有人來招呼他。

石砥中回頭瞥見停在門口的黑色馬車，皺了一下眉頭，往裡面行去。

這太白居真個不小，繞過一道迴廊，眼前是一個假山亭池，雖然此刻雪花片片，但是園中卻有幾株梅樹綻放著綠色的嫩芽，也有幾個花蕾，含苞未放。

他停止了腳步，深吸口氣，想要聞一聞空氣中是否有梅花的香味，卻只聞到那種清涼沁人的冷空氣。

他自言自語道：「再等幾天，梅花便開了。」

就在他自言自語之際，那夥計搓著手自裡面走了出來，朝著他叫了一聲。

石砥中問道：「怎麼啦！你們店裡頭，一個人都沒有，掌櫃的呢？」

那夥計道：「剛才來了一個不知道是哪位大官老爺的小姐，手面好大，要包下整個客房，我們掌櫃的跟她說，我們店裡房間有好多客人都已住了四、五天，不能趕他們走！您知道怎麼啦？」

他左右瞧瞧，輕聲道：「她大發小姐脾氣，幾乎要拆了我們的房子，掌櫃的正在賠不是呢！」

石砥中道：「我的房間在哪裡？」

那夥計道：「公子爺，若非剛才我替你爭取，掌櫃的定會把您那間房子讓給他們，因為你那間房子是本店最好的。」

石砥中微微一笑，道：「是嗎？謝謝你了，喏！這是賞你的小帳！」

那夥計尷尬地接過石砥中遞來的碎銀，千謝萬謝道：「謝謝公子爺，小的替您拿著這馬鞍吧！」

石砥中搖搖頭道：「不！我自己拿得動，你帶路吧！」

那夥計硬要接過馬鞍，石砥中只好將馬鞍交給那夥計。

「哦！好重呀！」那夥計齜牙咧嘴，幾乎跌倒於地，他一拐一拐地抱著馬鞍，朝裡面走去。

繞過那道回闌，石砥中走到一個寬敞的大客房邊。

隨著那夥計進去，他剛要跨進客房，驀地眼前一亮，一個俏麗的背影在隔壁房門口閃了一下。

「翠玉！翠玉到哪裡去了？」

他跨進屋裡，便聽到隔壁一聲銀鈴似的呼聲喊著。

他暗忖道：「莫非這隔壁房的，真是幽靈大帝的女兒？」

那夥計將馬鞍往牆角一放，吁了一口氣，用手帕抹了把掙得通紅的臉，說道：「公子爺，炕裡我已經添上炭，酒也用熱水暖著，你想在什麼時候吃，都是熱的，絕不會冷。」

石砥中點頭道：「好！我知道的。」

那夥計問道：「公子爺，你有什麼事，儘管吩咐，小的就在前面，這兒有鈴，你一敲……。」

石砥中見這夥計如此饒舌，不禁皺眉道：「好了！你出去吧！」

那夥計諾諾而退，欣然地走出房門。

石砥中將披著的銀裘往炕上一扔，脫下的氈帽掛在牆上的釘子上。然後，他走向門口，預備將門關上。

方一站到門口，他便看到那名叫翠玉的姑娘，嬝嬝地走了過去。

他剛要把門關上，便見到一個戴瓜皮小帽、手托水煙筒的老者走了過來，衝著自己一揖，道：「公子爺請了——」

石砥中也還了一揖，道：「有什麼事？」

那老者咳了一聲，道：「老朽是本店的掌櫃，請問公子爺，你是只一個人吧？」

石砥中點頭道：「是的，怎麼……？」

掌櫃的道：「隔壁有一個小姐要包下這間房，既然公子爺只有一人，老朽囑他們在裡進空出一間房來。」

石砥中臉色微變，道：「我先來住店，還是她先來住店？」

那掌櫃乾咳了一聲，道：「老朽是說與公子商量一下……。」

石砥中哼了一聲，道：「我沒付錢給你？還是我的銀子成色不夠？」

掌櫃的慌忙搖著頭，道：「不是！不是！本店……。」

石砥中道：「我既然住了，就不願搬出去！」

那掌櫃還待說話，自隔壁間走出兩個姑娘，道：「掌櫃的，我們小姐不要這間房了，你不必讓人家搬出去。」

掌櫃的吁了一口大氣，忙道：「公子爺，對不起，不用搬了。」說完他便走了。

石砥中斜眼瞥見那兩個姑娘都是一般高矮，左首那個就是在馬房邊見到的翠玉。

他還未掩上門，翠玉斂衽道：「公子爺好！」

石砥中道：「你有什麼事？」

翠玉道：「我們小姐說，剛才發生之事很對不起你，請你原諒。」

石砥中呃了一聲，道：「那不算什麼，倒是我失禮了！」

翠玉道：「公子，您是一個人單身在外？」

石砥中點了點頭，道：「你若沒有什麼事，我就要用飯了。」

翠玉臉上飛紅，道：「對不起，打擾您用飯了。」

她頓了一下，道：「能否請問公子尊姓大名？」

石砥中見到她滿面誠懇的樣子，目光中帶著企望的神氣注視自己，他心中猶疑了一下，終於道：「在下石砥中。」

「石砥中？」

翠玉兩眼睜得老大，愕然道：「你就是回天劍客石砥中？」

石砥中詫異地道：「回天劍客？」

門扉一響，隔壁走出一個少女來。

石砥中側首一看，只見那少女身著一件銀灰夾襖，領子高聳，直到耳邊，一串珠環掛在胸前，發出閃閃的光芒。

她雙頰嫣紅，瑤鼻挺直，唇如塗丹，兩眼細長，看似鳳尾，正自露出驚詫的眼光。

她臉上最是醒目之處，便是兩道濃黑的眉毛，斜飛入鬢，有如兩支小劍，別具一種風韻。

石砥中微微一愣，還沒說話，已聽到翠玉道：「這是我們小姐！」

石砥中點了點頭，道：「我知道你們乃是青海海心山的幽靈大帝屬下。」

翠玉道：「小婢原以為天下有誰敢惹上幽靈宮來的人，原來是回天劍客石公子，怪不得孫虎會只一招便趴了下去！」

石砥中微微一奇，沒有說什麼。

那站在隔房門口的少女叫了一聲：「翠玉你來！」

翠玉應聲而去。

石砥中關起門，方待用飯之際，門上輕響數聲，翠玉喊道：「公子，請你開門！」

石砥中眉頭一皺，打開門問道：「有什麼事？」

翠玉道：「我們小姐請相公過去用餐。」

石砥中一怔，道：「請我？」

他失笑道：「她又不認識我，幹嘛要請我？」

翠玉抿嘴道：「石公子你的大名，我們少爺回海心山之際，便曾稟告與我們老主人知道，現在江湖上誰不知道回天劍客的威名？只不過江湖傳言每有不實。」

石砥中詫異地問道：「有何不實之處？」

翠玉道：「江湖傳言你心狠手辣，殘酷無比，而且我們公子也說你兇狠可惡，所以我們宮中每一個人都想見見您，誰知道……。」

石砥中低哼一聲，道：「我本來就是心狠手辣，有何不對？」

翠玉搖頭道：「才不是呢！公子您長得又英俊又瀟灑，偏又這樣溫文……」她臉色變紅，說到後來嬌羞無比，竟然低下頭去。

石砥中也很是不好意思，他搖了搖頭，道；「誰告訴你的？難道又是江湖傳言？真是瞎說！」

翠玉嘟起嘴道：「我們小姐也都是這麼說的！」

石砥中只覺心頭一震，只好苦笑道：「你別盡是瞎說，去告訴你們小姐，我休息幾個時辰還要趕路，只得謝謝她的好意！」

翠玉睜大雙眼，道：「你還要趕路？難道你還有什麼要事？在這麼大雪紛飛的時候。」

石砥中淡然一笑道：「在這世界上，每一個人有每一個人的事，你們還不是在這大雪紛飛的時候趕路？」

「哼！」翠玉道：「我們是要到江南看早雪的情形，又不是有事奔忙。」

石砥中見這十五、六歲的丫頭一臉純真樸實的樣子，說話之間滿是稚氣，很是嬌柔可愛，他的思緒轉移到那遠居塞外，大漠中的東方萍來……。

翠玉見到眼前這英俊的年輕人，滿臉迷惑憂鬱的樣子，隱含著一種使人看了會因之顫動心弦的儒雅風度。

她怔怔地望著他，問道：「你要到哪裡去？」

石砥中哦了一聲，問道：「你說什麼？」

翠玉道：「小婢問公子爺，您要到哪裡去？」

石砥中道：「我要到大漠去，剛好與你們背道而馳！」

翠玉想了一下，道：「您見過我們小姐了？」

石砥中微微一笑道：「見過了，怎麼樣？」

翠玉道：「你說她好看嗎？」

石砥中沒想到她會問這個問題，一時之間，不知怎麼樣回答才好。

翠玉道：「石公子，您認為她不漂亮嗎？」

石砥中搖搖頭道：「不！我認為你們小姐很漂亮。」

翠玉欣然道：「石公子，我們小姐叫做什麼名字，你不知道吧？」

石砥中發覺自己盡是站在門口閒聊，飯都還沒吃，不由道：「我想要進房用飯，你……。」

翠玉道：「我們小姐叫西門婕。」

她聽到門聲一響，回頭一望，慌忙說道：「我們小姐來了！」

石砥中見到那西門婕果然是朝這邊走來，他心中思緒迴轉，不知道該進房裡還是迎出去的好……。

西門婕微微一斂衽，道：「公子可曾用過飯？」

石砥中還了一禮，道：「小姐……？」

西門婕微微一笑，道：「如果公子您沒有用過飯，請到這邊……」

石砥中道：「不必有勞小姐。」

西門婕道：「久仰公子威名，未想今日能夠得見，尚希公子能夠賞臉，並且請公子鑑賞一柄寶劍。」

石砥中見西門婕很是誠懇，而且那濃黑劍眉下的眸子黑亮無比，射出一股希冀的光芒，使他不忍拒絕她。

他注視了她那微微上翹的眼角，的確，那另具一種迷人的風韻，是與他以前所遇見的任何一個女孩子都不同的。

若是一個美麗的女子當面邀請你，我想任何一個男子都不會拒絕這個邀請的，尤其是年輕的男人。

石砥中似乎已忘記了在大漠與西門錡對敵的情形，他點了點頭，道：「如此麻煩小姐了，不過在下才疏學淺……」

西門婕眼角飛揚，目中含著深沉的情意，微笑道：「公子學識淵博，能力敵七絕神君，而贏得寶馬，當然是目光高明，不同凡響之輩，你如此說，實在太謙虛了。」

翠玉在一旁捂著嘴道：「小姐，你儘顧說話，讓公子儘自站立，豈不有失禮貌？」

西門婕含羞地一笑，道：「哦！真對不起，石公子，請公子移步！」

她姍姍地往隔壁房中行去。

石砥中望著那如削的雙肩，纖細的柳腰，猶豫了一下，方始撒開大步向隔壁行去。

第十六章　藍泓寶劍

石砥中走進隔壁房間，只見三個頭疏小髻的丫鬟正在忙著添筷加火，搬桌移凳。

室中溫暖無比，炕鋪雖是與自己房間相同，但是已經架置好雪白的帳子，絲絲流蘇閃著霞光……。

一個小几上擺著一個小獸爐，爐中燃著麝香，一縷青煙正自裊裊上升，使得室內芬芳無比。

他吸口氣，目光移到另一張小几上的弦琴。

那面長琴，通體雪白，七根烏黑的弦，根根都泛著烏光，不知是什麼做的，式樣古樸。

那三個丫鬟一見石砥中走了進來，齊都斂衽束手，退出房外。

西門婕微笑道：「公子喜歡彈七弦琴？」

石砥中搖搖頭道：「在下對音律之學，向來是一竅不通。」

西門婕道：「公子又謙虛了，七絕神君七藝之中有琴藝，據說他已練成琴音殺人的境地，不知可真？」

石砥中道：「這也許可能，但是音律之道，端在怡情冶性，而不是用來殺人的。」

西門婕頷首道：「公子之言極是，等會尚請公子聽一聽琴音。」

翠玉笑道：「小姐現在就該彈琴以娛嘉賓才對，怎麼說等會呢？」

西門婕微掩朱唇，道：「其實我是怕琴音有汙石公子尊耳，甚而影響到食慾，豈不甚糟？」

石砥中忙道：「哪裡，在下對於音律一點都不懂，恐怕倒有勞小姐。」

西門婕道：「如果公子不很餓的話……。」

石砥中望著桌上豐盛的菜餚，暗自嚥了口口水，道：「不餓，在下並不很餓。」

翠玉撲嗤一笑道：「其實公子是餓了，趕了這麼多路，怎有不餓之理？來！我給你倒酒。」

西門婕歉然一笑道：「小妹未曾出過青海，對於人情世故，一些都不知，尚請公子原諒。」

她臉色一紅道：「請公子上座。」

石砥中謙虛了一下，暗自摸了摸肚子，感激地朝翠玉望了一眼，坐上椅子。

酒過三巡，石砥中放下杯子，道：「在下不勝酒力……。」

翠玉端上一盤花捲，揭開桌子中央的大鍋，道：「公子，這是你最愛吃的涮羊肉。」

石砥中愕然地望著翠玉，道：「你怎麼知道我最愛吃涮羊肉？」

翠玉抿著嘴笑道：「我們小姐聽見店夥計嚷嚷涮鍋羊肉，所以也……」

西門婕眉頭一皺，制止道：「翠玉！」

她說道：「公子既然喜歡，就請多用點！」

他們慢慢吃完了這頓午餐，那三個丫鬟進來，很快地便將盤碗撤下。

西門婕臉色暈紅，向翠玉道：「你將藍泓劍拿來！」

翠玉走到牆邊，將掛在牆上的一柄用黑色皮囊包好的長劍拿了下來，交給西門婕。

西門婕輕輕地解開皮囊，自裡面拿出一柄藍色劍鞘，狹長的寶劍。

她摩挲著藍色泛光的劍鞘，道：「這叫藍泓劍，傳聞是唐末一個煉劍師所煉的三柄寶劍之一，犀利無比……」

她遞給石砥中道：「請公子鑑賞一下。」

石砥中接過長劍，伸手拔出，只見一道藍色的光芒閃爍而起，細長的劍刃中有一條溝漕，流光瀲灩，好似波光一樣燦爛！

他右指微曲，輕輕一彈劍刃，一聲龍吟響遍室內。

石砥中不禁叫道：「好劍！」

但是他又立即想起那柄送與東方萍的綠漪劍來，他微微思索一下道：「你剛才說，尚有其他兩柄劍，不知那劍名你是否知道？」

西門婕點頭道：「那兩柄劍，一名綠漪，一名白冷……」

「哦！」石砥中輕輕哦了一聲。

西門婕微微一笑，道：「那綠漪劍在大內皇宮中，前此不久，宮中侍衛長申屠雷曾派人送給家父，不料那幾個護送寶劍的人都中途死去，現在不知綠漪劍到了哪裡？不過好似被海外三島的人搶走了。」

石砥中收劍入鞘，然後將長劍交給西門婕，道：「此劍是我所看到的第三把好劍，犀利的程度，足可以斷鐵斬鋼。」

西門婕沒伸手去接藍泓劍，問道：「公子見聞廣博，當然所見名劍不少，只不知其他兩柄，是什麼人持有？」

石砥中猶豫了一下，道：「七絕神君柴倫前輩擁有一柄短劍，我曾見過，此外便是那綠漪劍……」

西門婕微微一愣，道：「綠漪劍？公子在何處看見？」

石砥中原本是不擅說謊之人，他臉色微紅道：「那是在山西大同府城外……。」

西門婕哦了一聲，道：「公子，您是看見了海外劍派中的人……？」

石砥中搖頭道：「不！那是四大神通玩的花樣！」

西門婕道：「那麼現在綠漪劍已到了四大神通手裡？」

石砥中搖搖頭道：「不！寶劍現在天龍谷。」

西門婕詫異地道：「天龍谷？難道東方玉會搶那柄劍？」

她目光流轉，在石砥中臉上注視了一下，又道：「我知道了，綠漪劍現在東方萍手裡？」

石砥中咦了聲，道：「你怎麼知道？」

西門婕微微一笑，道：「我哥哥狼狽無比地回到海心山，哭喪著臉說，有個叫石砥中的和東方萍很要好。」

她眨了一下眼睛，道：「你知道，我哥哥一直對萍萍很傾心的，家父也很願意東方和西門兩家能結為親家。」

石砥中臉色一變，道：「這話可當真？」

西門婕默然凝望著石砥中，好一會兒才道：「我沒見過萍姑娘，你說，她是不是很美？」

石砥中還未及答話，翠玉哼了一聲，道：「有我們小姐這麼美？我才不相信！」

石砥中苦笑一下，道：「小姐請將藍泓劍收回，在下要告辭了。」

西門婕道：「且慢，我還有關於東方萍的事要告訴你。」

石砥中已站了起來，又只得坐下。

西門婕緩緩道：「我很羨慕她，從你匆匆的奔走，便知道你是要趕到天龍谷去，但是東方前輩的脾氣不好，恐怕你要吃虧！」

石砥中哼了一聲，道：「我石砥中怕過誰來？」

西門婕道：「而且我幽靈宮弟子，也都不會放過你的。」

石砥中猛然立身而起，寒聲道：「既然你我為敵，又何必……。」

西門婕苦笑一下，幽幽道：「你請先坐下，我已將兩位長老遣走，我不會與你為敵的，難道你看不出來？」

石砥中又坐了下來，他說道：「我不懂你的意思。」

西門婕道：「有道是紅粉贈佳人，寶劍贈烈士，我預備將藍泓劍贈你，一方面可以仗此名揚江湖，另一方面，則是凡我幽靈宮弟子，絕不敢冒犯手持藍泓劍之人！」

石砥中冷笑一聲，道：「在下縱然無能，也不勞小姐贈以寶劍作為護身之符，這點恕難從命，請小姐收回此劍！」

西門婕道：「我知道你武藝高強，但是我幽靈宮的幽靈大陣，足可置你於死地。」

「哼！」石砥中冷哼一聲，道：「我終有一天要破去那幽靈大陣！」

西門婕冷笑道：「只怕你沒到那一天，便被二帝所殺！」

石砥中說道：「這話怎說？」

西門婕道：「你一路行來，沒聽到江湖傳言？」

石砥中搖頭道：「我自東海回來後，一路上盡是趕路，根本沒沾惹任何一個武林人物，當然不知道什麼傳言。」

西門婕諷刺道：「我在青海海心山都聽到了，你倒聽不到，敢情是想趕著會情人去，當然恨不得插翅飛翔，愈快趕到大漠天龍谷愈好！」

石砥中哼了聲道：「如果小姐你願意便說出來，又何必這樣吞吞吐吐？」

西門婕輕聲念道：「二帝三君外，更有回天客，錡玉雙星後，三島四神通……」

石砥中哼了一聲，道：「這是誰編的？」

西門婕輕笑一聲道：「江湖之事流傳最快，自有那些好事之徒編造出這似謠非謠的偈句！」

她臉色一整，道：「你想，僅僅半年光景，回天客之名已超過三島四神通，直逼二帝三君，我爹會放過你嗎？」

石砥中道：「所以你要贈劍給我？哈哈！謝謝你的好意，我石砥中原就是漂泊江湖的漢子，又何必用到你的寶劍，請收回。」

西門婕問道：「你一定不肯接受？」

石砥中點頭道：「我不能接受！」

西門婕深深注視了石砥中一眼，嘆道：「我原想見識一下回天劍客到底有何能居於我哥哥之前，誰知見到你後……。」

她又輕嘆口氣，接過藍泓劍，默然地套進皮囊之中。

石砥中問道：「你說錡玉雙星，可是你哥哥與東方玉？」

翠玉搶著道：「我們少爺被江湖上起個綽號叫天煞星，東方玉少爺則是被稱作天龍星……」

西門婕道：「公子要走之前，尚請一聆小妹琴音，也好作為我們萍水相逢的紀念，並以琴音為公子餞行。」

石砥中頷首道：「承小姐你如此相待，在下感激不盡。」

西門婕淡淡道：「但望他日相逢，不致以兵戎相對。」

她幽幽地嘆了口氣，接過翠玉遞來的玉琴，捧著放在桌上，翠玉在獸爐中添了一點粉末，香煙繚繞，擺在玉琴旁邊。

西門婕輕撫琴弦，微微一動，如銀珠跳動，泉水迸濺，琴音飛躍空中，迴旋於室內……。

白玉似的雙手，時而輕拈，時而淺弄，十指撥動琴弦，音韻美妙地顫出。

石砥中初時尚見那白玉似的十指，在琴弦上移動，漸漸，琴音急驟，那跳動的十指愈來愈快，只能看清兩道白影飛快地移動。

他很快地便沉浸於琴音之中，彷彿自己已置身於空中，繞著琴聲飛舞……。

他情感豐富，聰穎無比，很明瞭琴音中所含的意思。

那幽柔細膩的顫音，婉轉地道出了少女企望的心情，繼之是仰慕那傳說中的英雄，而極思一見。待到行旅之中，突然見到那人，卻又畏羞不前，不敢申訴心中的話，任憑綿綿情意埋藏心底……。

石砥中輕嘆口氣，忖道：「你又何必如此多情呢？」

西門婕微皺眉頭，目中含淚，十指移動，琴音又是一變，轉身叮嚀囑咐，希望那人不要忘記思念之情……。

要小心謹慎，以免遺恨江湖，致使那少女痛苦終身……。

她琴音婉約，最後一連數個疊音飛出，便陡然停住。

石砥中默然望著西門婕，只見她滿眶熱淚，盈盈含愁，使得他心弦一顫，不由得側過臉去。

他側過臉又看到翠玉也是熱淚滿眶，呆呆地凝望著自己。

他目光一掃翠玉臉上，她的淚水已滾落臉頰，像是兩顆珍珠滑落襟上，接著，又是兩顆……。

石砥中問道：「翠玉你怎麼啦？」

翠玉突地放聲痛哭，掩臉飛奔而出。

石砥中愕然地掉轉臉孔，愣愣地望著西門婕，不知如何是好。

愛情的產生，很可能便在第一眼的印象裡生根，而這種好印象卻往往是在當事人不知不覺中加深的。

石砥中不懂這道理，故而他呆望著西門婕，不知她為何會含著眼淚。

就在他思索原因之際，門口傳來一聲爽朗的聲音道：「哈哈！翠玉，你怎麼躲在這裡哭起來了，有誰敢欺負你，莫非是小姐罵了你？」

翠玉在門外道：「東方公子，小姐裡面有客……。」

東方玉朗笑道：「什麼客人在裡面？我剛才還聽到她的琴聲——」

他推門進來，一眼便看見西門婕眼含淚珠，默然而坐的樣子。

他愕然道：「婕妹妹……！」

他突地看到石砥中，話聲一噎，隨即怒火上升，臉罩寒霜。

他怒喝道：「石砥中，你怎會到這裡來？好小子，我正找你不著，今天非要宰了你！」

西門婕一抹眼淚，冷聲道：「他是我的客人，你怎可如此？」

「客人？」東方玉怒喝道：「你又在何時認識他？」

西門婕道：「只能容你認識他，我便不能認識他？」

東方玉一愣，衝著石砥中，怒道：「好小子，你……。」

西門婕叱道：「住口！你在我房內，怎好侮辱我的客人？」

東方玉臉色大變，氣得渾身發抖，怒吼一聲，拂袖而出。

西門婕低下頭去，兩顆眼淚掉了下來……。

石砥中只覺心中思緒有似亂麻，不知從何理起。

他嘆了口氣道：「看來你們感情很好，又何必這樣呢？我真不知道你到底是怎麼想的……。」

西門婕迅速地抬起頭來，大喝道：「你也給我出去！」

石砥中臉色微微一變，站了起來，道：「謝謝你的招待，在下告辭了！」

他反身走了幾步，又回頭道：「願你珍重——」

他跨出房門，已沒見到翠玉，於是，嘆了一口氣，朝自己房裡走去。

他關上房門，坐在炕上，已隱隱聽到隔壁房裡傳來哭泣之聲。

他只覺心煩意亂，再也坐不住，不由得拿起氈帽戴好，然後披好銀裘，背好長劍，提起馬鞍向屋外走去。

行到那庭院假山處，他看著滿是雪花蓋著的假山，嘆了口氣，自言自語道：「我還是早一點到天龍谷去。」

走到前面，那夥計迎了上來，道：「怎麼！公子爺就要走了？」

石砥中點了點頭，道：「我想起還有一事要辦，只得動身了。」

那夥計道：「公子，您的帳下還剩四兩六分三錢銀子。」

石砥中一揮手道：「都賞給你算了。」

那夥計樂得臉上的肥肉直打哆嗦，「叭噠」一聲便趴在地上，叩頭如搗蒜地道：「謝謝公子爺賞賜，謝謝公子爺賞賜。」

待他抬起頭來，眼前已沒看到石砥中了，他拍了拍身上的灰塵，趕忙跑到掌櫃那邊領賞去了。

第十七章　神龍活現

迎著陽光，石砥中單騎向北而行。

蹄印留在洛陽城的街道上，很快的綿延而去。

出了城門，石砥中一抖韁繩，飛騎騰空，隨著一行行的車轍，一個個的蹄印，奔馳在官道上。

雪，還沒有停，但是較上午小了，幾片雪飄在空中，像鵝毛般的輕柔。

越過一座土崗，他看到左前方有座山神廟，廟旁幾株高聳的松樹，正迎風搖動。

他奔馳於馬上，突見那廟旁松樹後，馳來一匹白馬。

他一眼便看清那是東方玉騎在馬上，還未想到東方玉為何會在路邊攔截自己，東方玉早已馳近眼前。

東方玉自馬上飛身躍起，落在石砥中馬前二丈之處。

他臉色鐵青，喝道：「石砥中，給我滾下馬來！」

石砥中道：「你……？」

東方玉大喝道：「給我滾下來！」

石砥中雙眉一皺，跳下馬來，道：「你這樣半路攔人，想要做什麼？」

東方玉狂笑道：「要做什麼？」

他臉上殺氣騰騰，怒喝道：「要殺了你！」

石砥中冷哼一聲道：「我與你無冤無仇，你憑什麼要殺了我？」

東方玉那英俊的臉容，此刻充滿仇恨，曲扭得變了樣。

他寒聲道：「饒過你一次狗命，現在你竟敢惹上婕妹！」

石砥中還想再說什麼，東方玉已一抖革囊，「嗆！」的一聲，長劍出鞘。

他寒聲道：「拔出你的劍來！」

石砥中默然地望著東方玉，緩緩拔出長劍。

東方玉身形一斜，劍芒跳動，已連攻六劍。

石砥中輕吟一聲，雙足如同釘在地上，挺立不動，連發六劍，將對方攻來之勢擋住。

東方玉大喝道：「再吃我七劍！」

他劍法一變，潑辣狠絕的連出七劍，劍劍相連，寒芒閃爍，劍氣「嗤嗤！」作響。

石砥中深吸口氣，仰身讓過第一劍，身形便飛躍空中，剎那之間，他連施「將軍十二截」中前四式劍招——

有似飛龍翔空，閃電連擊，四劍發出，風雷迸現，劍氣如虹，舒捲而去。

他們一接上手，便是以上乘劍術相較，雙方都是劍術名家，是以剎那之間，已變幻了五、六套劍招。

劍尖起落，時如飛鴻掠空，時如羚羊掛角，快捷似電，變幻似雲，起落之處，毫無痕跡可尋。

劍光閃動，他們已連攻六十餘招，毫無勝敗可分。

驀地——

東方玉一劍急劃而出，身形卻倒躍丈外。

他冷哼一聲，道：「僅僅一個多月不見，你便已較前精進了不少，哼！江湖之上，回天劍客之名，將從此不復見！」

石砥中深吸口氣，意守丹田之中，雙眼凝視著對方，沒有再說什麼！

他知道自己功力雖然較以前更為精進，但對方身懷各種絕技，的確不是自己所能匹敵的。

東方玉狂笑一聲道：「我要你再嚐嚐『三劍司命』的滋味！」

石砥中臉色凝重，抱劍於胸，全部精神都聚於長劍之中，預備再一次見識「三劍司命」的絕技。

他曉得只要稍一疏忽，便是性命攸關，故而連說話都不敢，以免分神。

東方玉臉色漸漸變為嚴肅，他自革囊中掏出三柄短劍，托在右掌之上。

兩人目光相接，東方玉射出狠毒之色，他大喝一聲，一柄短劍陡然跳起。

一道光華，揚著一個小小的弧形，射向石砥中。

石砥中悶哼一聲，目中神光突現，長劍一送，一輪光暉自劍尖升起，乍見即滅。

「噗！」

一聲輕響，那急射而來的短劍好似被什麼東西打了一下，掉落地上！

石砥中發出「劍罡」之術，果然將對方短劍擊落。

他雖然感到心胸一震，卻知道「劍罡」可以擋得住天龍大帝的「三劍司命」之技。

東方玉臉色一沉，怒喝一聲，頭上黑髮根根豎起。

他一抖手腕，兩柄短劍帶著急嘯之聲，急射而出。

兩道耀目的光芒閃過空際，有似兩顆流星掠過穹蒼……。

石砥中悶哼一聲，臉孔漲得通紅，頭上的氈帽被急速豎起的長髮，衝得跌落雪地之上。

他捧劍挺立，連顫兩下。

「嗡！」

兩道渾圓的光暈自劍尖飛出，閃爍出美麗的流灩。

「噗！噗！」兩柄短劍一碰那虛懸著的光暉，陡然墜落雪地。

東方玉雙眼睜得大大的，似是不相信石砥中會依然活著。

他滿頭黑髮倏然落下，大吼一聲，似狂飆一樣，急旋而來。

一個瑩白似玉的手掌在陽光下閃過，拍向石砥中——

石砥中低吼一聲，左袖一揮，「般若真氣」擊出。

「轟隆！」一聲巨響，他雙足沒入雪中，白雪直到他膝蓋之處。

一陣積雪飛起空中，地上出現一個大坑……。

東方玉有如醉漢，身形搖晃了一陣，便一跤摔倒在地上。

石砥中臉上肌肉抽搐著，他「哇！」地一聲，吐出一口鮮血，也站立不住，昏倒在雪地上。

雪花飄落著，落在他的臉上，身上……。

雪花片片，也落在東方玉的臉上、身上……。

空中飄著的雪花，漸漸停了。

寒風掠過空際，帶著咻咻的響聲。

石砥中自迷茫中醒了過來，他只覺臉上滑膩膩的，一個溫暖的東西在他臉上游動。

他一睜開眼，便看到自己那匹汗血寶馬正伸長舌頭，在自己臉上舔著。

雪花落在臉上，被馬呼吸的熱氣所衝，變為滴滴水珠，滾落頸上，溼漉漉的非常難受。

他嗯了一聲，方待移動身子，卻已覺得渾身酸軟，一點力氣也使不出來。

略一運氣，只覺經脈脹痛，氣血浮動，幾乎又昏了過去。

他知道自己剛才以「劍罡」擋下了天龍大帝那震撼天下的「三劍司命」的絕技，幸好那是由東方玉使來，故而他僅被那三支短劍擊得心頭亂跳。

但是東方玉卻抱著拚命的態度，在那三劍未能奏效之際，復又使出「白玉觀音掌」來。

面臨生死抉擇之際，石砥中只得強抑住浮動的氣血，揮動大袖，劈出「般若真氣」，以致於雙方兩敗俱傷。

他苦笑了一下，略一側首，便看到距他約三丈之外，東方玉也躺在雪地上。

雪片將東方玉的身子幾乎蓋滿，只露出了一角衣袂，依然在風中飄拂著。

「他是不是死了？」石砥中忖道。

他又悲哀地苦笑了一下，躺在雪地上，仰望茫茫的天空，使他有種寂寞之感。

他想到了自己遇見西門婕之事，那使得他現在都在疑惑。

他心中忖道：「為何西門婕會對我那樣好？似乎她很早很早便已認得我了……。」

他的腦海中頓時又閃過那烏黑的眉毛、爍亮的眼珠來了，在那眼珠中，蘊含著淡淡的哀愁……。

「唉！」他輕嘆口氣，隨著他又暗罵自己道：「石砥中呀！你要趕到大漠天龍谷中去會見萍萍，為何現在又胡思亂想起來？」

紅馬輕嘶，那溼熱的舌頭又伸到他臉上來了。

石砥中皺了一下眉頭，叱道：「紅紅，走開！」

他望見紅馬緩緩走開，繼續忖道：「萍萍在天龍谷不知要如何焦急地盼望我去，但是我現在卻又跟東方玉鬧成這樣子，唉！我怎知東方玉與西門婕是早就認識的？」

思潮洶湧，奔騰不息，他臉上癢癢的，那融化了的水珠，滑過臉頰，滾落在身邊。

陡然之間，他有冷的感覺。

「好冷呀！不知萍萍在天龍谷裡是否也這樣冷？她會倚著欄杆盼望著我？還是走到那些花樹叢裡等待著我？」

彷彿眼前出現輕顰娥眉的東方萍，那飄飄的白雪落在她披散的香髮上，片片，片片……。

「唉！」他深沉地嘆了一口氣，忖道：「我盡在這裡胡思亂想作甚？現在趕緊要自己療傷……。」

他澄清心神，緩緩地吸著氣，然後納入丹田，運出「將軍紀事」中的「瑜伽術」療傷心法。

氣轉一匝，那些流竄經脈中的氣血漸漸被逼回丹田。

他緩緩坐了起來，盤膝趺坐，雙掌互握按住小腹。

剎那之間，只見他臉上發出陣陣白煙，身外雪層漸漸融化開去……。

就在這時，官道上飛馳過來二匹快馬，馬上兩個老者，長髯飄飄，衣袂飛舞，很快便馳近這廟前。

突地——

那左首的老者「咦！」了一聲，他大喝道：「嘿——」

喝聲裡，他座下駿馬長嘶，人立而起，雙蹄亂揚。

他卻依然端坐馬背，沒有跌下來，身形略一旋動，座下的馬便立時立定不動。

他雙目凝望著那站在山坡雪地上的赤兔汗血馬，滿是驚異之色。

他右首的另一老者，一直衝出丈外，方始回轉馬頭，問道：「左老二，看到什麼了？」

那叫左老二的老者沉聲道：「你看到沒有？那是汗血寶馬！難道你在青海沒聽說過回天劍客之名？」

那右首老者吃了一驚，臉色微變道：「七絕神君的汗血寶馬，真的被人贏去了？我吳峰倒要見識一下回天劍客。」

那左姓老者道：「我們公子回到幽靈宮裡，曾說一個叫石砥中的年輕小夥子，劍法神妙，功力絕高，我們大帝訓練的幽靈騎士都不是對手，我看還是……」

吳峰冷笑一聲，道：「想不到斷魂金刀左君平自進了幽靈宮，膽子愈變愈小，嘿！我在宮中十年之久，也沒有見誰敢惹上幽靈大帝，沒想到隱居江湖僅三年，便整個世界大變了？」

他雙手一按馬背，騰身而起，有似大鳥翔空，掠出三丈，落在山坡之上。

左君平也身形一晃，掠出三丈，落在吳峰身旁。

吳峰雖然嘴裡說得輕鬆，但是絲毫不敢懈怠，雙掌護著胸前，脅下兩支「點穴钁」也都露出柄來。

他知道七絕神君絕藝蓋世，而那汗血寶馬是他最為疼愛之物，絕不會輕易給人，而江湖傳說，回天劍客曾力挫七絕神君贏得寶馬。

縱然他不大相信傳言，但是眼見汗血寶馬在此，不見七絕神君之蹤，心中不由忐忑不安。

他目光所及，是那盤坐雪地的石砥中。

石砥中頭上層層白煙湧起，有似揭開蒸籠似的，他身外的雪花也化為冰水，向四外流開。

吳峰雙目露出驚駭的神色，道：「這年輕人可是回天劍客？」

左君平搖搖頭道：「我沒見過他……」

他駭然道：「吳兄，你看他現在正在運功吃緊，渾身真力都已透出體外，竟能使雪融化。」

吳峰深為驚駭，疑道：「看不出這傢伙才這麼點大，已經溝通任督二脈了，他這是受傷運功療傷，我在奇怪為何沒人在旁護法。」

他移動目光，看到那露出雪上的衣角和面孔，他微微一怔，道：「那裡有人被打死了。」

他躍了過去，將東方玉的身子自雪堆中捧了起來。

東方玉臉色蒼白，渾身冰冷。

吳峰皺眉道：「他怕是死了……。」

左君平方待回答，目光被雪地上的三點亮光所吸，他俯身下去，略一摸索，便拾起那三柄短劍。

劍刃寒颯，薄如紙片，發出淡淡的光芒，左君平讚道：「好劍！」

他湊近眼前一看，只見劍柄上雕著一片浮雲，雲朵掩蓋處，一條天龍仰首飛雲直上……。

那條龍雕得活靈活現，好似正要騰雲飛上九霄，故而左君平一見之下，便立時明白這條龍的含意。

他渾身一顫呼道：「天龍大帝……！」

吳峰圓睜雙目，飛快地移首凝望著左君平。

當他望見左君平手上的三柄短劍時，驚呼道：「三劍司命！」

他渾身一顫，幾乎將抱在手上的東方玉傾落雪地上。

吳峰倒吸一口涼氣，道：「你那手中三支短劍是天龍大帝威震天下的『三劍司命』，看來我抱著的這人是天龍大帝之子。」

左君平吁了口大氣，道：「依據現在形勢，是那回天劍客石砥中竟然擋住了『三劍司命』之技。」

他舉起手中短劍，道：「你看這劍尖……。」

吳峰一看，那三支短劍的劍尖都變為圓頭，好似硬生生地被磨掉一樣。

他悶聲不吭，目中閃過狠毒神色，倏然他狠聲道：「這小子非宰了不行！」

他扔下手中的東方玉，殺氣騰騰地朝石砥中走去。

左君平看了一下躺在地上的東方玉，忖道：「他乃是我們公主所愛之人，現在若是曉得他死了，不知要多麼傷心……。」

他搖搖頭，回首望去，已見吳峰高高舉起右掌。

石砥中施行「瑜伽術」的撞穴清穴之法，將那些流竄的真氣逼回丹田，然後療治肺腑所受之傷。

此刻正在非常緊張之際，他雖然眼見吳峰走了過來，凶神似地凝望自己，但是卻不能動彈。

吳峰冷笑一聲，道：「小子，你死定了！」

他單掌往下一劈，朝石砥中頭頂「百會穴」拍去。

掌風急嘯裡，石砥中頭一側，那一掌正好劈在他右肩之上。

「砰！」的一聲，他身子一晃，下身沉入爛泥中。

吳峰一掌劈出，只覺手掌一震，一股反彈的韌勁自對方肩上傳來。

他心中駭然，雙掌收在胸前，凝視著石砥中，生恐石砥中會猝然而起，襲擊自己。

他目中所及，見到石砥中下半身都浸入在爛泥之中，兩眼射出炯炯的神光。

那爍亮的眼光，帶著懾人的氣魄，竟使他不由得心神一凜，只覺一股寒氣自骨髓升起。

他一咬牙道：「就算你是鐵打的人，我也要打扁你！」

他雙掌一推，指掌朝石砥中胸前「氣戶」、「中府」、「府臺」三穴擊去。

他三掌擊去，便聽身後馬車輪聲急響。

此時石砥中吐出一口鮮血，身子直飛出二丈開外，「叭噠！」一跤跌倒地上。

吳峰身上濺得滿是鮮血，略一錯愕，便聽見左君平大喝道：「吳峰，住手！」

他雙眼一瞪，道：「左老二，你說什麼？」

他方一回頭，便見到一個臉蒙面紗的少女飛身掠了過來。

他脫口說道：「公主！你來了？」

西門婕身形在空中，眼見石砥中被吳峰擊得跌出二丈開外，不由心神欲碎，神飛膽裂。

她叫道：「峰老，你……？」

她的身子自空中直落而下，真氣一瀉，跌倒雪地之上。

左君平喊道：「公主……」

吳峰錯愕地呆呆怔立著，不知如何是好。

正當此時，他聽到一聲暴喝自身後傳來，一股勁風撲上身來。

他身形一個大旋，已見石砥中有如煞神撲來。

狂飆如海潮，洶湧澎湃，他心神一驚，雙掌一揮，劈出兩股掌風，迎上前去。

「砰！」冰雪飛濺，狂飆捲上空中。

「啊！」他雙臂齊肘而斷，身子跌出丈外，慘呼一聲，噴出一口鮮血，便死了。

左君平目眥欲裂，大喝一聲，金刀一揮，劈將過去。

石砥中昂首挺立，有似巨松，他左掌合併，往外圈了個圓弧，然後如劍揮去，招式犀利無比。

左君平眼前一花，對方單掌已直逼中宮，劈向自己胸前。

來勢逾電，使他不及思慮，躍身後退。

但是手腕一顫，手中握著的金刀已經脫手而去。

石砥中冷峭地一笑。道：「饒你一條狗命！」

他手腕一抖，那柄金刀已斷為四截落在地上。

他漠然地舉起右袖，擦了擦嘴角的血跡，然後發出一聲狂笑。

笑聲穿雲裂石，直上九霄……

他飛身飄上赤兔汗血馬，頭也沒回便飛馳而去。

西門婕喊道：「砥中！石砥中……」

蹄聲杳然，雪上留著兩行淡淡的印痕，愈遠愈長……。

愈長愈遠……。

第十八章　幽靈大帝

空曠的大漠，自古以來即包含著無盡的寂寞。

那一望無垠的漠野，此刻正發出淒涼的吼聲。

寒風呼嘯掠過大漠，天空中飄著雪片……。

茫茫的穹蒼，茫茫的大漠，沒有一個人影出現。

在這種大雪紛飛的時候，又有誰會到這瀚海大沙漠來呢？

只有石砥中，唯有被武林中稱為回天劍客的石砥中，方始具有堅韌不拔的毅力。

他以回天的精神，在這寒風凜冽，雪花飛舞的十一月天氣，單騎行走千里，獨自馳騁在茫茫無垠的大漠上。

他身上仍然披著那件銀灰色的狐裘，頭上戴著那頂大氈帽，上面全是雪片，甚而結了一層冰屑。

那汗血寶馬的背上，披著一件毛氈，還馱著一個行囊，雖然分量不輕，地上又積著雪，滑滑的不大好走，牠卻依然精神抖擻地奔馳著。紅馬四蹄如飛，蹄上細細的絨毛張開，飄飛於空中，每一起落都穩當無比地踏在冰沙之上。

在茫茫的漠野，真如生了雙翅，凌空飛翔一般。

石砥中雙目中略現疲倦之色，但是他卻毫不懈怠地握緊著韁繩，挺腰坐在馬上。

強風帶著雪花打在他的臉上，他抹了抹臉，抬頭仰望穹蒼，那陰沉的天色，使他皺了皺眉。

他忖道：「自那日趕路以來，天色沒有一日開朗過，雪愈來愈大，不知萍萍在天龍谷裡會如何？」

他的思念霎時便迴繞在天龍谷裡。

那清麗的俏影，淺笑盈盈在他眼前出現……。

他低聲輕喚著，此刻，他真奢望自己脅生雙翼，飛越過這茫茫的沙漠，立刻到達天龍谷。

也不知奔跑了多久，彷彿在茫茫的大漠中，永無邊際，永無休止……他也不知道現在到底奔走了多少路……。

天色漸漸暗了下來，空氣中的寒意更濃了，似乎正在凝結。

雪漸落漸少，以至於停歇。

紅馬吁著氣，渾身沁出紅色的汗水，滴落雪地上，好似開放著朵朵的紅花。

石砥中自沉思中醒了過來。

他縮了縮頸，四下一望，只見前面不遠處有幾叢樹，在平坦的沙漠上，這倒是非常罕見的。

他略一忖思，便決定在那疏林中過一晚，於是，他縱馬向著那片疏林馳去。

樹枝上都被雪蓋滿，一條條的冰柱垂下，彷彿掛著無數透明發亮的珠串。

石砥中馳到樹林邊，看了一下，見此處正是一個凹下的小坡，因為旁邊有樹枝承受著雪片，故而還可看到黃色的沙土。

他下得馬來，將包囊解下，抖開帳篷，很快地便將帳篷搭好。

他將紅馬牽進帳篷內，憐惜地道：「大紅，這些日子可苦了你了。」

他合起氈子，在紅馬身上擦著，然後又掏出一塊藥餅塞進紅馬嘴裡。

他將帶著的乾草料放在地上，任由紅馬靜靜地吃著。

鋪好絨氈後，天色已經黑了下來。

石砥中吁了口氣，走出帳篷，拔出長劍，來到那疏林裡。這些林木都是針狀的耐旱性灌木，生得並不很高，林中有很多枯枝，被石砥中行過踩得亂響。

石砥中原想砍些樹枝起火取暖，不料林中竟有許多枯枝。他收集了一大堆，走回帳篷。

起了一個火堆，他披著毛氈，坐在火前，緩緩吃著乾糧。

寒風穿過疏林，發出咻咻的嘯聲，在這空寂的大漠裡，不停地旋盪著。熊熊的火花翻動著，映得石砥中的臉色都是紅紅的。

在夜色中，他的雙眼有似兩顆寒星，發出炯炯的光亮。

濃鬱的夜色似墨，四外一片寂靜。

那風聲的低嘯，似是在訴說一個淒涼而古老的故事，摧人心肝……。

石砥中吃完乾糧，喝了口水，然後加點枯枝在火堆上。

火花不住跳躍，時而發出「嗶剝」的聲響。

石砥中只覺心中鬱悶無比，一股深沉的寂寞湧上心頭。

他輕輕撥著火，似要驅除這份深沉的寂寞，但是寂寞卻更加籠罩著他。

「唉！」他低嘆了口氣，緩緩閉上眼睛，又緩緩地垂下了頭。

每個人自生命的開始，便帶著寂寞。在空曠的原野，在喧嚷的鬧市，或者在清晨，黃昏，夜晚，你都隨時會有這種寂寞之感。

人們為了抵抗寂寞，而投身於歡樂之中：為了忘卻寂寞而竟日狂歡，沉湎於聲色之中……

但是當曲終人散，夜闌人靜時，寂寞又悄悄爬上心頭，這時那種空虛寂寞，更是令人難以忍受。

天地悠悠，大漠寂寂，一切熟悉的人，熟悉的事，此刻都泛上心頭。

一股辛酸凄涼的滋味湧進心頭，鼻尖一酸，他忍不住流下兩行眼淚來。

英雄原是寂寞的啊！他們比常人更能領略寂寞的滋味！

火光漸小，灰燼愈多。

石砥中抬起頭來，揀了幾根枯枝放在火堆上，伸了伸腰，將流下的淚水擦乾。

火光又漸漸旺盛起來，石砥中凝望著那美麗而跳動的火花，忖道：「生命也好似這火焰，需要添加柴枝方能有閃亮而燦爛的光輝出現……。」

他輕輕嘆了口氣，繼續忖道：「人生之途有著許多陷阱，未來的一切，是黑暗而不可知，所以人需要光亮，甚至只要一點螢火就行了，但是許多人卻終身不能找到這點光亮。」

他雙手盤著膝頭，繼續思忖下去，道：「萍萍就是我生命中的火光，唯有她能燃亮我心中深埋的火焰，她像柴枝一樣，使我的生命之火燃燒得更旺盛……。」

無盡的相思，綿綿的情意，使他又沉浸在幻想中。

空氣彷彿成冰，四周溫度更低了。

石砥中扯下披在身上的毛氈，寒意夾著倦思襲上身來。

他正要將火堆熄掉，回到帳篷裡去睡。

驀地——

一聲淒涼而慘厲的嗥叫自遠方傳來。

他渾身一震，皺眉忖道：「這是什麼野獸的叫聲？好慘烈，使人毛骨悚然。」

就在他這個念頭未了之際，慘嗥之聲又起，這下聽得更為清晰了。

石砥中咦了一聲，凝神靜聽，耳中倏地響起一片紛亂的聲音。

他的臉色突地大變，驚叫道：「原來是狼群到了！」

他居住於大漠邊的居延城，很小便聽說過大漠中狼群的厲害。

他知道在這種大雪紛飛的時候，狼若不是餓極，很少會出外覓食的，尤其這種大漠的狼，兇狠殘暴，成群結隊的出來，任何動物都怕。

他思緒飛轉，很快便想到狼群怕火之事，於是，他撿起枯枝飛快地在帳篷外圍了一個圈。

柴火都點著了，火光頓時布成一個火圈。

就在他剛將火圈布好，便見雪地上黑壓壓的一大群，萬頭攢動，飛奔而來。

他看了一下，訝道：「咦，怎麼有人……」

那些狼群疾馳而來，有似奔雷馳電，風掃殘雲，迅速無比，而在狼群之前，卻有兩人飛奔而來。

× × ×

狼群飛奔而來，很快地便看得清楚。

那狼群前的兩人，時而反掌揮拍，以致嗥叫之聲慘烈無比。

那兩人已經到了這熊熊的火圈前，其中一人大喝一聲，倏然翻身挺立，雙掌一揮，已連連擊斃數條大狼。

血肉紛飛，那幾條狼屍已被利爪撕裂粉碎。

石砥中站在火圈之中，眼見另一人踉蹌地躍進火圈裡來。

只見這人頭髮披散，滿臉血汙，衣服也被撕得破碎支離，掛零掛落的。

那人喘著氣，一躍進火圈，便回頭望著那與狼群搏鬥之人。

石砥中看到那火圈外的大漢，雙掌迅捷無比，起落之際，便是幾條餓狼遭殃。

他心中一驚，忖道：「這人掌法奧秘，力道又如此沉重，較我可要強多了，這又是誰呢？」

他思忖之際，那躍進火圈之人，倏然叫道：「爹！你進來吧！」

石砥中怔了一下，忖道：「咦！這人聲音怎麼好熟？」

那人叫了兩聲，回過頭來，朝石砥中望了望。

他陡然失聲大叫道：「石砥中——」

石砥中一見這血汙滿臉、披頭亂髮之人，竟然認識自己，不由也是一愕。

略一細看，他也失聲叫道：「西門錡，是你！」

西門錡目光呆凝，冷冷地望著石砥中。

石砥中冷哼一聲，道：「你也有這等狼狽的時候？」

西門錡嘴唇顫動了一下，便仰天倒在地上。

石砥中又是一怔，他方待走過去，已見到那在火圈外的大漢雙手揮處，抓起兩條巨狼擲出丈外。

他回頭一看，大喝一聲，身如鬼魅，已飛掠進火圈之中。

他理都沒理石砥中，低頭蹲下身去，將西門錡托起，焦急地喊道：「錡兒，怎麼啦？」

石砥中一震，沒想到此刻會碰見武林中的泰山北斗，與天龍大帝同享盛名的幽靈大帝西門熊。

西門熊伸手一摸西門錡的額頭，喊道：「拿水來！」

石砥中皺了一下眉頭，沒有動。

西門熊沒料到自己叫著要水，竟會沒拿到水，他抬起頭來，側視石砥中，怒道：「拿水來，聽到沒有？」

石砥中見西門熊身軀魁梧，濃眉似墨，目中放出炯炯的光芒，懾人心神，非常威嚴。

他吸了口氣，沒有說什麼。

西門熊冷哼一聲，目中掠過一絲凶狠之色，冷冷道：「你是聾子？」

石砥中道：「在下並非聾子！」

西門熊冷哼一聲，道：「你沒聽到我的話？拿水來！」

石砥中道：「我當然聽得到你的話，但是在下從來不受人命令的！」

西門熊臉色一沉，道：「你好大膽子，在老夫面前也敢如此？莫非不怕死？」

石砥中昂然道：「在下更不怕人威脅！」

西門熊冷笑一聲，右手在地上抓一把雪，反掌一揮，往石砥中射來。

石砥中知道幽靈大帝既是武林二帝，功力當已臻化境，這等雪團擊出，也可置人於死地。

他凝神靜氣，注視那團雪飛來。

雪團帶著輕嘯，疾射而至，距離石砥中身外一尺之處，倏地碎裂開來，數十點白光已將石砥中全身罩住。

石砥中低哼一聲，雙掌一揚，掌影片片，已擋住那碎裂的點點雪粒。

雪粒打在手上，竟然隱隱生痛，石砥中心中立時升起一層警戒之心。

西門熊見到石砥中竟能接下自己的「散花佛手」暗器功夫，不禁微微一怔。

他知道自己雖然扔出雪團，但已帶有六成功力，足可穿石裂鐵，誰知眼前這年輕人竟能受得住這力道。

西門熊哼了一聲，身如飛絮，已閃到石砥中面前。

他沉聲喝道：「接我三掌！」

石砥中在微驚之際，眼前一花，西門熊那高大的身軀，已悄無聲息地移到自己眼前。

眼前一花，指掌交現，尖銳的勁風急嘯，急攻而來。

他臉色一整，雙掌連揮，使出崑崙「龍爪撥雲」之式，擋住擊來的掌影！

「哼！是崑崙派的！」

西門熊左掌輕輕一拂，右掌平伸而出，緩緩拍下，石砥中擋過對方一掌，已見又是一掌拂了過來！

石砥中只見來勢飄忽，不知要擊向何處，生似鴻雁留爪雪泥之上，不知一絲來去之勢。

他心中大凜，急忙之間，念頭已轉數十，他躬身一退，立即向右一閃。

他這一式讓得恰到好處，正好避過那拂來的左掌。

誰知西門熊冷哼一聲，右掌倏然直劈而下，正好迎上石砥中！

石砥中身子剛剛立穩，已經看到那碩大的手掌劈下！

他知道自己這一退一閃實在已全在對方預料之中，絕不可避免與對方較量一下真力。

他深吸口氣，氣轉一大周天，右掌倏翻而出。

雙方掌勁一觸，發出一聲輕響。

石砥中悶哼一聲，渾身衣袍立時高高鼓起，他那戴在頭上的氈帽已被急速豎起的頭髮衝落地上。

「砰——」一聲巨響，氣勁旋激，雪塊飛濺開去，火焰搖搖欲滅。

石砥中身形搖晃，立足不住，一直在地上踩了四個腳印，退出五步之外，一跤跌倒地上。

他坐倒之處，正是火圈之旁，一條餓狼怪嗥一聲，跳起老高，躍過火圈，朝石砥中咬去。

石砥中反掌一拍，已將那頭餓狼頭骨拍碎。

他輕喝一聲，朝外一摔，撞向另一條撲到的餓狼。

「叭！」的一聲，兩條狼屍跌落在火圈之外，飛快地便被其他餓狼吃個乾淨。

石砥中略一運氣，發覺自己沒有受傷，他躍將起來。

西門熊眼中露出驚異之色，他盯著石砥中，點了點頭道：「小子，硬是要得，今天饒過你這一遭。」

石砥中冷哼了一聲，道：「誰要你饒？」

西門熊目中射出凌厲的神光，死盯著石砥中。

石砥中單掌撫胸，也盯住西門熊。

西門熊目光一閃，突地哈哈大笑道：「有種！好小子，當今武林也沒有幾個人敢對我如此，想不到你倒竟敢頂撞我！」

石砥中冷冷道：「這四外都是餓狼，又有誰能獨力殺死這成千成萬的餓狼，若是逃走，最後難免筋疲力盡而死，我又怕你作甚？」

西門熊冷哼一聲道：「無知小子，你知道老夫是誰？」

石砥中道：「我早就知道你是幽靈大帝西門熊了！」

西門熊跳了起來，道：「你怎麼知道我是西門熊？」

石砥中道；「天下有誰能三掌便逼我處於下風，唯有天龍大帝東方剛與你而已！」

西門熊濃眉一斜，道：「你是誰？好大的口氣！」

他驀地臉色大變，沉聲又道：「你就是那石砥中吧！」

石砥中點頭道：「不錯，在下石砥中。」

西門熊臉上罩滿殺氣，恨聲道：「石砥中，我要將你生宰活剝！」

石砥中全然不懼，淡然道：「如今在狼群之中，你也知道合則兩利、分則兩敗之理，何況你已奔跑了數百里，耗去功力不少，若要殺我，並非十招二十招之功，那時我一死，你內力不繼，火圈一滅，狼群便會把你和你兒子活生生的撕裂……。」

西門熊冷哼了一聲，道：「老夫已殺了約七百隻餓狼！」

石砥中添了幾根柴，望了眼四周的狼群，冷冷道：「你豈能一下子殺死這至少兩千隻的餓狼？何況令郎……。」

西門熊被石砥中說得啞口無言，他怒吼一聲，雙掌一抖，身子急旋而起，有似陀螺急轉。

急速的轉動中，他身外湧現一層淡淡的紅霧，略一閃現，便見火圈外狼群死了一大片。

石砥中心中大凜，只覺西門熊這一下功夫來得邪門無比，竟然會有紅霧閃現，而且群狼一死便是二十多頭，這等功夫，他僅遇到過一次。

他記得在大同城外，遇見天龍大帝東方剛時，也曾見東方剛身軀一抖，便湧出一層漩渦樣的勁道，使自己毫無反抗之力。

西門熊一拂頷下長髯，冷冷地望著石砥中臉上的寒凜之色。

他暗自得意，道：「這乃是邪門第一神功『冥空降』，這只是讓你見識一下，所以我只施出六成功力。」

石砥中倒吸了一口涼氣，他這下已知道自己雖說功力突飛猛進，但是與這等成名數十年的老魔相較，著實相距好半截，若非在這種情形下碰見西門熊，自己非要斃命不可。

西門熊哈哈笑道：「我西門熊向來言出必行，既然我說饒過你這一遭，便是不會殺死你，你放心好了。」

他臉色一沉，又道：「下次碰見你，我可要取你的性命，誰叫你敢惹上幽靈一脈？」

石砥中冷冷道：「下次碰到，也不知道你會不會贏得我手中劍！」

西門熊冷嗤一聲，道：「你自以為真具有回天之能？我要取你狗命，隨時都可以，天下使劍的除了東方剛之外，又有何人能是我敵手？」

石砥中默不作聲，將枯枝添到火圈上火勢較弱的地方，然後靜靜坐在帳篷前。

西門熊托起西門錡，朝帳篷行來，道：「讓我兒子進去歇歇，他脫力了！」

石砥中猶疑一下，道：「不行，帳篷我自己要用！」

西門熊怒道：「什麼？」

石砥中見對方目中已閃過凶光，幾有擇人而噬之勢，他機警無比，知道西門熊已有殺掉自己之意，若非受到自己言語的約束，便隨時可動手。

他笑了笑道：「我可以拿床毛氈給他蓋！」

西門熊搖搖頭，道：「他非要進帳篷不可！」

石砥中也搖搖頭，道：「我就是不肯讓他進帳篷！」

西門熊哼了一聲，身形一閃，已如鬼魅一現，朝帳篷裡躍去。

石砥中腳下一滑，長劍出鞘，一道劍虹閃爍生輝，擋在帳篷門口。

西門熊大袖一揮，有如鋼板拍出，朝劍鋒捲起。

石砥中大喝一聲，一連「將軍挽弓」、「將軍執戈」兩式擊出，劍幕宏闊布出。

西門熊左手托著西門錡，右手連攻三招，將對方兩劍擋住。

「哼！原來『將軍紀事』是讓你取得了！」

他沒能前進一步，石砥中也沒將他趕退一步。

石砥中一聽，道：「這正是『將軍紀事』中的兩招劍式，你若願意的話，下面還有十劍！」

請續看《大漠鵬城》3　橫劍江湖

風雲武俠經典

大漠鵬城【二】淩空渡虛

作者：蕭瑟
發行人：陳曉林
出版所：風雲時代出版股份有限公司
地址：10576台北市民生東路五段178號7樓之3
電話：(02) 2756-0949
傳真：(02) 2765-3799
執行主編：朱墨菲
美術設計：許惠芳
業務總監：張瑋鳳

出版日期：2025年7月
版權授權：蕭瑟
ISBN：978-626-7695-03-6
風雲書網：http://www.eastbooks.com.tw
官方部落格：http://eastbooks.pixnet.net/blog
Facebook：http://www.facebook.com/h7560949
E-mail：h7560949@ms15.hinet.net
劃撥帳號：12043291
戶名：風雲時代出版股份有限公司

風雲發行所：33373桃園市龜山區公西村2鄰復興街304巷96號
電話：(03) 318-1378
傳真：(03) 318-1378
法律顧問：永然法律事務所 李永然律師
北辰著作權事務所 蕭雄淋律師

行政院新聞局局版台業字第3595號 營利事業統一編號22759935

定價：340元

國家圖書館出版品預行編目資料

大漠鵬城／蕭瑟 著. -- 初版. -- 臺北市：風雲時代出版股份有限公司, 2025.07
冊； 公分

ISBN 978-626-7695-03-6 (第2冊：平裝). --

863.57 114003702